归往如一

王佐东 著

哈尔滨出版社
HARBIN PUBLISHING HOUSE

图书在版编目（CIP）数据

归往如一 / 王佐东著. —— 哈尔滨：哈尔滨出版社，2022.10
　　ISBN 978-7-5484-6833-2

　　Ⅰ.①归… Ⅱ.①王… Ⅲ.①诗集-中国-当代
Ⅳ.①I227

中国版本图书馆 CIP 数据核字（2022）第 203541 号

书　　名：归往如一
　　　　　 GUIWANG RUYI
作　　者：王佐东　著
责任编辑：李金秋
装帧设计：书香力扬
出版发行：哈尔滨出版社（Harbin Publishing House）
社　　址：哈尔滨市香坊区泰山路 82-9 号　邮编：150090
经　　销：全国新华书店
印　　刷：成都兴怡包装装潢有限公司
网　　址：www.hrbcbs.com
E-mail：hrbcbs@yeah.net
编辑版权热线：（0451）87900271　87900272
销售热线：（0451）87900202　87900203
开　　本：880mm×1230mm　1/32　印张：16　字数：168 千字
版　　次：2022 年 10 月第 1 版
印　　次：2023 年 3 月第 1 次印刷
书　　号：ISBN 978-7-5484-6833-2
定　　价：68.00 元

凡购本社图书发现印装错误，请与本社印制部联系调换。服务热线：（0451）87900279

自序

这是公平的,你喜欢什么样的生活,什么样的生活就喜欢你。

我们所热爱的生活和我们所热爱的诗一样,是可遇而可求的;这样的诗常常和这样的生活在一起,是可感也可知的。所有被忽略在生活中的闪光都能在诗中重回和溢出,令人心中充满幸福和感激,就如这诗就在这眼前,对我微笑,一如初醒,也一如再入美梦;一如出发,也一如惬意而归。

我一直以为,诗的力量不是主要来自技巧,而是来自内心对生活的种种可以名状和莫可名状的体验,而这种体验在很多时候,与其说是一份情感的消费,还不如说是一种情感的寄托和溢出。很多年以来,甚至可以说工作生活之中、之余的每时每刻,我就让自己的五内感受沉溺于诗意之中,忘情于此,寄情于斯,以文字作为情感观照,只藏于内心,留于手头和案牍尺素之间,未曾有渲染于读者和刊物的想法,而成为自己的独自的消费和奢侈。

在与诗意的情感交融之间，常激发起我的生命之思。诗文的本原生态一如本真的生活和性情，无不透露出生命的自然之美，无论是直击灵魂的高雅和深刻，还是素人素面的别致，即使突然醒悟和呼之欲出的惊艳，即使忘乎所以的疯狂，都让我感受着诗意文字的生命本色，生命的率真乃至率性。我有时已经无法分清，是那张扬而不矫作的生命力本身，还是对它们的描绘让我感动，但我确实是明明白白地体验着生命之力给我的抚慰和拥抱。

在与诗意的情感交融之间，常会产生我的生命之虑。在无数次安静而冲动的意创经历中，我既赞叹生活的意象传奇和生命百态，又担心一些所谓的"表达"和"体验"会使这诗的生命自然失真。我希望自己，一方面要真实地记录下自我对生活有限的、自然的、流动的、历史的原生之感；另一方面，我更希望美丽的诗不要只停留在美丽的生活表面，不会只是躺在静态中去感受精神之美。可能正因为如此，我总是不经意地而又十分在意地把自我缩小，把审美的对象放大。我崇敬对诗意和诗情的敬畏者，因为我也是。

在与诗意的情感交融之间，常会唤醒我的生命之愿。多少次，在灯光下感悟黑夜的远处，在阳光中揣摩蓝天的深处，总使我对人生有所感悟。绵延的黄土大山，似断未断、待真未真的模样；不息的耕耘劳作者，似矩不矩、待傲未傲的神情，是那样的唯我而又忘我。当没有阳光的时候，它们自己就是阳光，当没有精神的时候，它们本身就是精神。诗意之中的人生如能到此境界也足以欣慰豁然了。

在与诗意的情感交融之间，常使我感悟到生命之禅。生命是自在的，那随性飘洒、可遇而不可求的诗意，无论被命运抛到哪里，都会绽放那里的姿态，那份随遇而安的恬淡超然可以视为对浮躁尘世的告诫。生命是自信的，在文字的世界里，即使是美妙的残缺也是对人间的寄语，如果我们只追求完美的结果，而疏忽了享受这追求的过程，就常会有太多的失落。正因为有山穷水尽的痛苦，才会有柳暗花明的快慰，在自己的心灵历程里，所有时光都不放弃憬悟和采撷。

我感恩美丽的诗情韵赋予我对美丽生活的那份情愫。是的，只有你生命最美丽的时候，这世界才是美丽的，这诗也才是美丽的。

虽然不一定懂得深刻，但却爱得深沉。因为热爱，我坚信，一切美丽如初，美丽归往如一。

2022 年 7 月 1 日于陇东阳坡书屋

目录
CONTENTS

第一章　韶华如春

幸福就会降临　/　003

喜欢沉默　/　005

什么是理解　/　007

最后的情书　/　009

乡村婚姻　/　011

告诉你　朋友　/　013

该在的还在　/　015

梦想　/　017

为什么　/　020

想　/　022

最后　/　024

老师　/　026

小学校　/　028

种子 / 032

该怎么书写我的母校 / 034

曾经 / 036

观书法展 / 038

开学 / 042

师说 / 045

送教的日子 / 050

毕业生 / 053

致老师 / 055

学会长大 / 056

一阵风 / 058

第二章　岁月如松

从门前走过 / 063

光芒 / 067

不任性妄为 / 069

苦行 / 071

不老的事 / 073

写诗 / 075

诗说　我说 / 078

冬夜 / 083

因为热爱 / 085

生活有这样的选择 / 088

关于现代　流行 / 090

马年随想 / 095

你是一个男人 / 097

总算是悟了 / 100

洗 / 102

自由 / 103

皈依 / 104

我知道 / 106

意外 / 108

想写一点什么 / 109

请别伤害 / 112

爱你是我的生命 / 116

我就是那棵草 / 119

无题 / 121

第三章　真爱如饴

真爱是天生的 / 125

你想说什么 / 127

其实 一直都在 / 129

难以洞穿 / 130

忏悔 / 133

请原谅 / 136

我以为 / 139

只要还有爱在 / 141

想给来生一个惊喜 / 143

爱如秋菊 / 146

怎么回事 / 148

从眼睛开始 / 149

从不寂寞 / 151

再现诗意 / 153

那是一个夏天 / 155

相信 / 157

给我一场恋爱 / 158

不要问我 / 160

等着复活 / 161

相信爱情 / 163

遇见 / 166

心疼 / 168

致爱人（一）/ 171

致爱人（二）/ 173

我的世界只有你 / 175

第四章　从善如初

收藏 / 181

山恋 / 183

关于风 / 188

一 / 190

静 / 191

妄念 / 193

一切无足轻重 / 195

还不如独行 / 197

只要乐意 / 199

当诗不再抒情 / 201

水中 / 203

向远处看 / 205

营造 / 207

所有……都…… / 209

散步 / 210

有一种感觉 / 212

到秋天里来 / 214

请不要这样 / 216

如果 / 219

只有你带给我 / 221

无题 / 223

选择另一种活法 / 225

我的世界是一片海 / 227

一瞬 / 229

关于风月 / 231

美的叙述 / 233

第五章　守望如斯

窗帘 / 243

闲居 / 245

疯 / 248

影子（一） / 250

不抱怨的灵魂 / 252

日子 / 255

走步　/　257

夏天　/　260

软禁　/　261

老树　/　263

一片蓝　/　267

我的热带雨林　/　269

诗的无奈　/　273

过年　/　276

父亲的天空　/　278

短信　/　282

叶　/　284

浴火重生

　　——送给英年早逝的友人　/　286

送给一个"节点"

　　——甲午马年除夕随想　/　291

等待　/　296

过去了　/　298

故乡的山　/　300

潜夫山　/　302

影子（二）　/　304

第六章　风格如常

秋天来了　/　309

真正的美色　/　312

我选择　/　314

期冀有个梦 / 317

一个人的承载 / 319

诗人 / 322

哲学家 / 324

冷 / 328

线装书 / 332

我的灵魂 安放何处 / 334

成熟 / 337

纠结 / 339

芦苇 / 341

有一种颜色 / 343

失眠 / 345

总是在夜晚 / 348

深夜 在街上行走 / 351

关于变革 / 353

关于书法 / 355

光阴 / 357

距离 / 359

只爱一个 / 361

有一种真实 / 363

泪 / 365

第七章　禅意如心

从沉睡中惊醒 / 369

一条路 / 371

文脉 / 374

关于诗（之一） / 380

关于诗（之二） / 383

周末心境 / 386

乡愁 / 388

羞见 / 391

保持距离 / 394

忆苏轼 / 397

读诗 / 399

故乡 / 401

书法记忆 / 406

第二次 / 409

不回头 / 412

路 / 413

就这样开始 / 415

边走边看 / 417

走 / 420

梦 / 422

河堤（一） / 424

河堤（二） / 426

风 / 430

秋雨 / 433

第八章　归往如一

关于一 / 437

等 / 439

总是选择 / 442

我愿再看到 / 444

宿命 / 446

寂寞 / 449

安静 / 452

无 / 455

葬 / 459

真 / 461

空 / 463

超脱 / 465

莲 / 466

心中（之一） / 468

心中（之二） / 471

第一次 / 473

美 / 475

就不怕 / 477

意境 / 480

禅 / 483

归往如一 / 490

第一章
韶华如春

韶华如春，虽然喜欢沉默，也懂得什么是理解，但乡村的婚姻，没有最后的情书。

为什么？告诉你，朋友，在开学的日子，在小学校，在送教的日子，在毕业季，在观书法展的时候，你的梦想是什么呢？该怎么书写我的母校？师说，学会长大，该在的还在。

曾经的一阵风，种子会发芽，幸福就会降临。

幸福就会降临

不再茫然
这是一个新的起点
面对未曾遇到的新鲜
还有兴奋和不安
把刚开始的推向漩涡

不再静安
一切都轻轻悄悄袭来
交织在一起
彼此冲撞
激起初恋的波澜

不再彷徨
关键的时候只有几步
摘一束阳光
留给自己
放在忧郁的角落

不再平淡

也许就要转化

达到高潮

做重要和恒久的事

幸福就会降临

1987 年 1 月 20 日晚

喜欢沉默

尽管明白了
该怎么面对
可还是喜欢沉默
无悔地守候
并思索着
看书或写点什么
独自在冷风中站立
甚至散步
也一个人独自

在已有的思域中
并不厌恶什么
对一些事　一些人
和一些高见
只是喜欢静听　观察和思悟
可取之地　可笑之处
寻找必然的来源
以及假如反驳
该怎么说

是一种极端的偏颇

要得到新的平衡

达到新的境界

一切都有序平和

顺着真理的角度旋转　排列

感觉舒坦而深邃

没有孤独和错觉

宁愿永远平静

这个可忽略的小我

1987 年 1 月 23 日午

什么是理解

在沉默的时候
得到了一样东西
也不能确切地描述
什么是理解
但可以确定
想到这样一个概念
而且思绪一直围绕着
旋转或漫步
以至于挖掘和葬埋

原谅过
用真诚对待错误
对包容的侵犯
同情过给痛苦以抚慰
帮助过
用行为给予赞助和力量的支持
沟通过
如地层深处的水
环转而彼此相连

是镜子

像闪光的眼睛一样

看透心跳

有爱用爱

才能达成

像太阳

毫无遮掩地照耀

光亮而澄澈

温暖就过来了

1987 年 1 月 23 日午

最后的情书

等待啊等待
我知道
这一切牵动着天气的阴晴
风儿到处地跑啊找
合了我的心意
那是给我的执念
亲爱的　亲爱的
请允许我
最后一次这样呼唤

从现在到过去
从过去到现在
同窗之情
倾心之意
胜过青梅竹马
曲折和争斗
泪水和结局
我的情　你的意
都是彼此的唯一

从现在开始

嘱托啊叮咛

一声声　一句句

身体保重　保重身体

一切顺利

反反复复　详详细细

请忘掉我吧

又是多么的

郑重其事

最后的细腻

在模糊一段历史

说是别伤心

自己也跟着哭泣

毫无疑问

也是提醒和延续

如果这是决绝

那这一切　亲爱的

为什么要写得这样仔细

1987 年 1 月 26 日晚

乡村婚姻

有时候
本来如顺水推舟的事
花费现有年龄的四分之一
精华时期
个人和相关人的精力
以及艰苦卓绝的斗争
本来无根基的防线
却土崩瓦解
乡俗是如此强大
把生米做成熟饭

有时候
只要三两天
和一阵风
外加几句好话
和那么一些钱
只有两个字就够了
产生和逝去一样

很简单

爱情是如此苍白

无须时日考验

可以选择

是因为有条件

彼此有一样的身世和见识

无法抗拒

是因为与心动无关

不需要一见钟情

只需要理解和执拗传统

以及现实的契约精神

乡村婚姻

谁说不能成功

1987 年 1 月 30 日晨

告诉你 朋友

告诉你 朋友
请不要兴奋 也不要狂妄
要学会珍惜
生活不只是顺利和如意
要学会赋予
发现一堆旧书中
迷人的地方
赋予平凡
新的意义

告诉你 朋友
请不要彷徨 不要悲伤
一切还只是开始
不管是方向
还是高度
第一步不好踩
诗不只是在远方
好梦需要唤醒

告诉你　朋友

请不要失落　不要绝望

生活中没有永恒不衰的东西

没有得到的

也谈不上失去

比起生命来

所有失去的

不值得一提

告诉你　朋友

人生的误会是有的

如同自己所犯的错误

无法弥补

还应该有一种精神

把每次奋斗

看成是最后一次

但无须倾注生命和鲜血于此

1988 年 2 月 12 日晚

该在的还在

是一种邂逅
和邂逅之后的走开
远离
和丢掉
抑或卸妆

是一种遇见
和遇见之后的选择
有理由
也没有执念
只是难以决断

是一种走近
和走近之后的逃离
心像被掏空了
极虚极空
但该在的还在

离开或远走
理由可以有无数
也可以无
但得言说
也可以不语

属于谁
总归不会马上离开
那些过往的
一阵风去
归于自然

可以走远
或在原地等待
无意于哪一趟列车
再找出发点
该在的还在

1988 年 5 月 18 日晚

梦　想

有些失眠　心乱得
想一些无法割舍的
选择　乃至痛

从开始到现在
也想到未来
没什么　就想你

开始　有些突然
但很浪漫
这是注定的

每一件事　每一天
以致结局
难以圆满

但有后悔
浪费了许多　只为
一个凝神　一次心动

谁都没有出走或离开
而是珍藏　彼此凝视
执着不舍

其实并没有浪费
只是积攒　沉淀
还有不断地融入

懂得时间的意义
让以后　不再虚度
是合二为一

将来也一样　也有期待
只是会更加坚定
即使前路渺茫

也许有一些曲折
那也不会影响什么
只是　离心动更近一些

定力是一体的
在灵魂深处
什么都难以改变

我的心眼小
只能装一个
就为梦想

一个心动
注定要用一生来实现
以至于来世

爱一个梦想
愿意用生命守护
不顾一切

1989 年 10 月 5 日午

为什么

为什么
这么爱
告诉我
就一个字

怎么知道
会被爱
说也说不清楚
这是个秘密

不知道
也许只是
青春期撞上冲动
无法抗拒

就看见的那一瞬
直到现在依然清晰
好比是
突然地附入

一个眼神
一种灵魂的波澜
你不爱
我也会

就这一点
从来都是真的
可以告诉你
就在下一次

1989 年 12 月 10 日晨

想

怎么知道
我在你心中
是怎样的　存在

想不清楚
就看到一片云
知道你　过来了

想干什么
用很深很深的蓝
一下子　拥抱着

没什么
那么幽远幽远的天
不明白　就想你

需要不
落下几行泪
相思雨　没道理

我帮你
一束光从云中透出来
坚强地　穿透我

1989 年 12 月 20 日晚

最　后

一切都在阳光下
活生生的
不得不当回事
翻来覆去地想
有时禁不住
会流泪

在最后的时刻
积聚起来的
都冲过了
无法形容的悲哀
难以弥合的创伤
尽管始终在微笑

泪水和自尊的交织
将整个神气
压制到地下
拒绝天外的帮助

虽然可以独自
冲出自我的世界

不难理解
一切都岌岌可危
本身是被打碎的
而后再拼凑起来
那种自然的灵气
只能留给重塑或再生

1989 年 12 月 25 日晚

老　师

学生把全部希望捧起
你却轻盈地
一手拿粉笔
一手端教本
这世人稀奇的物件
是你骄傲的资本

在漫长的日子里
我们一起诵唱
把曲调和音符分开
把词和词连起来
一起描画
把黑板写成雪地
把白纸涂成秋野
当你坐下来喘口气
手指衣襟和眼神都花白了
连头发都挂满了霜
孩子们的心就灵光了
世界就完整了

时光的天平终将倾斜

您给了孩子支点

赋予生机和希望

并点亮了前行的灯盏

而您却捻没灯花

悄然滑向远方

留下赋予未来的意义

2020 年 11 月 5 日晚

小学校

去偏僻的山村
远一点陡一点偏一点
都不要紧
有国旗有钟声有琴音
有一座小学校
这才是精致和情韵

只有八九个学生也不要紧
从一年级到六年级
就是一个完全的建制
是老师又是班主任还是校长
这是简单的
但多少有些单调和重复

上课下课休息就餐
仍需要钟声
当当当　当当当　当当
驱赶了山村的宁静

敲醒了家长的节奏
也整齐了日子的脚步

语文课
师生们一起
用地方的"普通话"
读李白的《静夜思》
一起摇头晃脑
把一切都淹没
把什么都忘掉
把麻雀惊飞
却把崖娃娃唤醒
山坳会扭动身躯

音乐课
唱起《让我们荡起双桨》
清新欢快的童音会像燕子一样
飞出窗户校园
飘向四周的山坳和院落
如果听得眼睛有些发热
就走出教室
外面是流淌的空气
和一树一树的无花果

美术课

村头是一个好去处
画什么都可以
那里有梯田老柳树麦草垛
盘山小路毛驴
或许还会碰见羊群
还会有唱信天游的
唢呐和乡亲
以及盘旋飞过的蜜蜂

体育课
全是奢侈的项目
一个人一个篮球或足球
两个人直接开场
老师是最活跃的选手
有时候就在跷跷板的另一头
如果看得有些着急
就从地头走进操场
充当主力

还有许多课和游戏
只有八九个学生也不要紧
从一年级到六年级
就是一个完全的整体
是朋友又是同事还是家长
这是我们的传统

去偏僻的山村
远一点陡一点偏一点
都不要紧
那里有书声有歌声有笑声
和五颜六色的童话
这才是最美妙的风景

2020 年 11 月 7 日晚

种　子

学校是一个园子
知识就是一颗颗种子
果实就是一个个学生
老师就是播撒种子的人

为了果实的丰满辛勤耕耘
从太阳初升到月亮弯弯
从春天忙到冬天
从豆蔻年华到两鬓斑白

种子会随处飘落
有时会跟着风跑起来
跑起来就会有风
风就是方向

春天来临的时候
种子就在大江南北发芽
也会一朵一朵地开花
让花园赏心悦目

播撒种子的人
把自己也当作种子
播撒在三尺讲台
即使自己化作尘埃

2020 年 11 月 17 日晚

该怎么书写我的母校

我不知道该怎么书写那些老师
铺开纸谆谆的教诲就在眼前
凝聚于我的每次执拗每次蜕变
站立于笔端如一座丰碑慈蔼威严

我不知道该怎么书写那些同学
他们静如皓月动如闪电纯如蓝天
用活力淹没顽皮用勤奋唤醒梦幻
十年寒窗就是在描绘辉煌的未来

我不知道该怎么书写那些岁月
紧张抑或单调都不能阻止
借助知识的力量书写成长催动成熟
它们流淌的过程就是文墨传承的波澜

我不知道该怎么书写那些心灵
他们安静而丰富的眼睛犹如星光
照亮自己努力向前的脚印和同窗美好的梦
照耀时代文明的嬗变和美好前景

我不知道该怎么书写那些命运
他们在默默无闻中生产智慧
积淀文辞文笔文采文韵文化
延续着华夏文脉和中华灿烂文明

我不知道该怎么书写母校的未来
每一个教室都有经典绝伦的故事
每一块黑板都会绽放花朵的鲜艳
我已没有更新的词语去达到那些称谓的古典

我不知道该怎么书写未来的母校
借着春风我蓦然觉悟一种镜像
一个是母校明媚灿烂的阳光
一个是母校依旧意气风发的模样

2020 年 1 月 17 日晚

曾 经

曾经是幸运的
无怨的青春
无瑕的美丽
无悔的执着

彼时却怨了
纯洁之上
有了瑕疵
道是世事无常

并非无路可循
虽在事后
还有省思和觉悟
重证彼时的纯洁晶莹

往事本来纯净
只是沾染风尘
或者曾经的自己
莫须有的妄加

撤除翳障
还本来的纯洁无瑕
滤除忧伤和苦痛
锻造永恒的情

放弃执着
憬悟永恒
那永不再回头的一瞬
已经铸成

所欠的
只是憬悟
记忆将日渐晶莹光耀
这便是应有的价值

2021 年 11 月 30 日午

观书法展

总是把舞弄笔墨的事
当作一种神圣
说是从这里
能穿越时空　洞察灵魂
找到文脉的搏动
获得文人情趣
和生命精神的滋润

说这是一个寂寥的天地
与一个偌大的时空相处
用视觉和感觉交流
黑色与白色的碰撞
感受意念的波浪涌动
在有限的天地
寻找一种无我大境

说这是一种狂妄的率性
别人无法理解的

个性的躁动
和思维的变频
从这里出发
寻找另一个自己
将与一个个长发癫士遭遇

说这是一种逃避
从他抑或她诡异的眼神中
读出性情的倔强与闪烁
而在相遇的对话中
你还将听见呼喊的声音
在背影里
还将看见四季风的颤动

说这是一个名利之域
在空旷的厅堂之上
把文人的情趣加以修饰和拼接
使正统的方块
以及点线
随意成现代的节奏和意念
在资本的簇拥下招摇呐喊

还说这是一种自娱
只关注个体狭小感受的
自私的倾诉

并从憎恶无聊地品咂
情绪的发泄与排放
从这里感悟品尝
抽象中的具象

还说这是一种生活
一笔一画是一种理性的冷静
用最好的笔在最好的纸上
渴求制作的精良
借助禅宗顿悟式的表达
你将与无论魏晋的世外桃源人对面
而震撼于平凡中的伟大

还说这是酒神的
超越恬静愉悦的一种狂醉
自由表达的一个极限
彻底地充分地表露内心世界的企图
成为终极理想
一切都消失了或即将消失
回味只留在记忆中

物质极大丰富的空间
你需要什么追求何者
没有物象和悦目的色彩
和我们感官世界的现象

保持一定的距离
摒弃生活中的悲剧
而求得物外的禅意

所有文化的品性
爱神的酒神的
抑或是美神的
造型的缘情的伦理的
抑或是天然的
表现引领抑或是安顿生命
成就一个自由的灵魂

2019 年 8 月 7 日晚

开　学

这是一个全民动员的日子
在这一日
一些窗口会关闭
但更多的门会打开
钟声和问候是最好的节目
只是这院落
兴奋和热闹是永动词
会看见新奇和羞涩
在空气中流淌

想起一些事
和刚过去的不快与欢喜
还有跌倒了再爬起来
它们会成为作文的内容
直逼心灵
和以后的故事
在开学这一天
像后来修订的课本
朗朗成诵

这是一个标志性日子

在这一日

曾经的同窗会离开

未承想到的会见面

陌生的会熟悉

朝夕陪伴

从这一日起

不时有聚散离合

还会一起走远

只要还想走得更远

就不能错过

这个时日

因为在离开的时候

这一日就很期待

为了走到一起

我们都做了多次的选择

想要站成一个路队

为了走得更远

这是一个季节

含苞待放的需要阳光

茁壮成长需要时日

经天纬地需要空间和

必需地打磨

选择同一个日子

走不同的路来

选择未来的路

这只是一个开端

2020 年 11 月 6 日晚

师　说

是老师
谁都会数十年不间断地
说一些必需的话题
使惑和不惑得到释疑

是校园
谁都想用歌声和书声
在静与喧闹之间
来充实和丰润成长的历史

是钟声
谁都想用力量和节奏
敲醒每一颗沉睡的心灵
和应有的秩序

是操场
谁都想用奔跑和跳跃
在起点和冲刺之中
去拥抱绿色与健壮

是教室
谁都想用宽敞和勤奋
在窗和门的敞开之间
展露豁达的包容和理想

是黑板
谁会用自己的耿直与谦逊
经受日积月累的
打磨与洗礼

是粉笔
谁都想用纯洁和细腻
耕耘和播撒
要发芽的种子

是教鞭
谁都不想只是用来训诫和敲打
还要指明是非
和真理的航标

是课桌
谁都会扛起一摞一摞的文字
哪怕自己腰酸背痛
满脸笔墨的痕迹

是课本
谁都想经受翻来翻去的折腾
在一遍又一遍的叮嘱中
探究内心的寓意

是课堂
谁都想站在讲台上居高临下
把自己的心掏出来
还搭上一些芬芳

是孩子
谁都想拥有一个自己的童话
和一些说也说不完的秘密
和梦幻般的未来

是老师
谁都会想让这一切
成为平凡之中的伟大
然后再交出去传下去

师说
学校是我活着的身躯
教室是我静思的神位
讲台是我的战场

笔纸和无尽的诉说
是我的心结
也是我的职业病
是我的武器
因为有学生做我的光

师说
我是渺小的
只有三尺舞台
而且一直走不出尘埃的世界
但却是富有的
黑板粉笔教鞭
以及课本课桌和讲台
和一群又一群的孩子交付的
他们理想的人生

师说
我是充实的
因为在失去青春的时候
却拥有青春的未来
所以我的生命
是可以延伸的
永远都在
以至于无限

师说

其实我总是在收获

从来就没有失去过

因为不息地耕耘

所以无怨无悔

失去和获得

只是形式不同

这和心灵的开启和关闭有关

1998 年 11 月 12 日晚

送教的日子

在送教的日子
懂得了存在的另一种意义

走出窗明几净的教室
离开站立整齐的队伍
绿树成荫、幽静和谐的校园
跨过坑洼和泥泞、严寒和酷暑
风尘和希冀……
如果汗水由于细微而无声
似乎证明一个人的肉身
可以与尘土大地关联得如此紧密

在送教的日子
懂得了职责的另一种内容

教育原来还有一片领地
我怎么没有开垦
不能下床的丫丫

需要唤醒的薇薇

常常又哭又闹的明明

一言不发的静静

不必深究那些青山绿水

和渴望抚慰的手臂和眼睛

为什么会偏安一隅

我们发现的日子

为什么会在此刻

且如此迟缓和犹豫

在送教的日子

懂得了生命的另一种本色

书包和彩笔

以及发卡和橡皮泥

不断重复的"一、二、一"

"a、o、e"和"A、B、C"

罗列的教义和奔涌的说教

反复证明

要送的原来无须复杂

这些极其单纯的肢体和头脑里

有的只是生命本体的挣扎

血亲的挚爱和纯朴

以及对哪怕是一丁点扶助的感恩和慌乱

以及对生命美好的渴求

在送教的日子
懂得了一种力量的强大

隐约感到
每一条道路都通向灯火
每一道屋檐都可以遮风避雨
多少个晨昏重复和奔波
竟只为同一个脆弱的生命
肢体智力神志
乃至心理的疾患
不能摧毁一个人一个家
比找到忧患更容易
也比看到绝望和颓废更多的
是出自艰苦的倔强和善良

在送教的日子
清醒而坚定地相信
懂得了课堂不是教育全部
精神和心灵需要安抚的地方
不都是在校园和教室操场
只有需要照亮的地方
才是自己要发的光

2020 年 11 月 20 日晚

毕业生

书
翻动了好多次
铃声
再三催促
带着对课桌的依恋
留下最后一个姿势
哗哗　叮铃

歌
唱过了好多回
再见
不断呼唤
带着对赠言的咀嚼
留下一些遗憾
啧啧　唏嘘

昨天几页
今天几页

明天几页
这些骄子相约　　只想
邀请一朵云霞
搭乘一辆快卡
去纵情地飞跃

曾经朝思暮想的蓝天和海洋
和曾经教他育他的老师
再用一声呼唤　　大声说
我们没有辜负韶华
我们没有忘却教导
无论高楼大厦和宇宙天涯
我们还是母校的娃

2020 年 11 月 24 日晚

致老师

那是您看得见的天空
一直湛蓝湛蓝
胜过头顶的教室之外的
飞鸟楼顶一片山影和一声提问

一直湛蓝湛蓝
胜过头顶的教室之外的
飞鸟楼顶一片山影和一声提问
那是您看得见的天空

如一尊圣人的雕像
这是你的烛火静凝
如一群春蚕的不息
这是我的泪水灼烫

2020 年 12 月 12 日晚

学会长大

一般地
好像很慢
总是成长不起来
甚至一直迷恋动画
和被人喂养的岁月

天地宽阔而高远
成长得太快
正好忽略了一点
就是不知道
长大了又能怎么办呢

开始厌倦
有时会跌入绝望
让周围变得狭窄而气闷
从没有过自责和改变
却是充满抱怨

今日繁花似锦

明日眼花缭乱

需要舒展的地方太多

气格需要成长阔大

应该把全身挺直

2021 年 12 月 12 日晚

一阵风

一阵风
来自天际
也许来自太阳的身边
或者东海
还有汉唐的味道
以及渴望的和煦

一遍遍梳理
让刘海不再纷乱
让思绪不再游荡
让闷热有一些清醒
把身体侧对着
以便更好地迎接

敞开胸襟
把一些忧郁撒出去
也释放一些不该放飞的
晦气和污浊

乃至于梦幻
和一些久违了的歌

还吸收一些冷冽
一些尘埃
那些飘洒的花瓣
那些迷失的灵魂
也一同聚来
成为一道风景

应该如此
只要有风
迷失的还可以走远
放飞的获得了自由
风是富有的
会拥有一切新生

也应该知道
只要吹起来
新鲜会让人清醒
天空会很蓝很蓝
种子会疯长
心会很空灵

应该庆幸

自己占据了有风的时刻
在大自然的怀抱
一阵风承载了许多
洗刷了许多
从现在一直到未来

很是庆幸
一阵风能够吹起来
这是日月的呼唤
我们是天之骄子
接受造化的洗礼
一切都会应运而生

2022 年 5 月 11 日晨

第二章

岁月如松

我就是那株草,因为热爱,从门前走过,遇见自由的光芒,不任性妄为,意外地想写一点什么。写诗?诗是什么?诗说,关于现代流行;我说,请别伤害。

我知道,总算是悟了,我是一个男人,生活有这样的选择——苦行。

皈依的冬夜,马年随想,不老的事,爱你是我的生命。

从门前走过

总有一种冲动
就是从你的门前走过
充满热切
多看几眼
门外风景的投射
墙内朦胧的身影
和洁白无瑕的音容
想走进去
看清一个世界
走进一个心灵

多么诱人的瞬间
勇敢得不顾一切
超越时空的冲动
站在面前
握住臂膀
拥抱呼吸
丈量高度

触摸容颜
感受温暖
留下印号

充实这个空间
不留暇隙
激活波涛
抚慰泛滥
营造惊心动魄的风雨雷电
走进春夏秋冬
采摘红黄紫兰的各色果实
咀嚼酸咸苦辣甜
享受无边的逍遥
和有限的光阴

似乎有点还不够
不够我的欲望
一万次闪烁的执着
化作倏忽的飞翔
和贴得很近很近
形影不离的
水乳交融的
完全占有的贪念
强烈的要被俘虏的冲动
和软禁在衣兜里的幻想

从门前走过时
曾有很多设想
原始的自私的低俗的阴暗的
但走着走着
却是安静、距离和高贵
越是靠近
却洒脱和沉稳
越觉得格格不入
甘当守望者吗
还是据为己有

明明是一种眷恋
暗暗有一种期盼
实实是一种执念
但走过时
却不敢正眼
不敢大胆地走上去
把门打开
开辟一个驿站
建立一个家园
靠近一个港湾

想慢下来
却走得更快

心里不想离开
却也走不进
把走过的聚拢起来
把心掏出来看
为什么这么执着
和无法释怀的眷恋
原来从一开始
一切都种在心田

1988 年 3 月 24 日晚

光　芒

春天来了
把最新鲜的活跃
在刹那显示出来
温暖的太阳如期而至

光芒触动生命
一切便完全绽开
如万象起伏的树林
毫无顾忌地把它遮挡

每个生命乃至于人
总是怀有私心的
想捕捉和拥有这一瞬
却不能阻挡这美好

花儿为它开放芬芳
露珠为它升腾
大地为它披上金色的衣裳
前行者为它张开怀抱

有它照着

一切不再迷茫暗淡

向着这太阳出发

创作出四季的佳作

想把它做成标本

用一个架子固定下来

不让远去

留闪耀下去的力量

1990 年 8 月 7 日晨

不任性妄为

匍匐大地
劳作之余
仰望天空
在天地之间
获得存在的自己

当尘埃落定
以此度量
自己的栖居
和大地之上的
天穹之下的羁旅

扔掉虚设的妄为
复杂的目的
只看到世界的
简单至极
往日的喧嚣归于平寂

你若是自由自在
人人自由自在
天下会太平无事
失去的时候
也是一种获得

一时的慷慨激昂
内心的喜怒哀乐
转眼间无影无踪
放弃也是一种选择
此生不任性妄为

2022 年 6 月 18 日晚

苦　行

不迷恋鲜花的娇艳
酷暑只是曾经的见证
落叶耕耘也有些疲惫
霜雪留下印记
一切只因信仰在心

跌跌撞撞
磕磕碰碰
手脚并用
朝圣者的前行
用身体丈量旅程

前行需要斗争
有暴风骤雨的摧打
有坎坑陡洼的羁绊
有污泥浊水的蚀浸
有魑魅魍魉的尾行

前行需要奋力
有高潮也有催悲
更多的是不能松口气
不能懈怠
追逐一个新的柳暗花明

要想达到的目标
还在远方
要想实现的梦想
憋在心中
就一刻也不能停

用心丈量
一步一步
不只是一个历程
向前向前
一切只因信仰在心

2013 年 8 月 5 日晚

不老的事

耗去生命
堆积成了年纪
时间藏匿在哪些地方
成熟了安详了
还是换得了
一副坦然的神情
还有皱纹和白发
和不得不板起面孔

这是白发与皱纹
产生了实际意义
早早关闭
与世界对话的机会和通道
年老的资格
年轻的精神积累
不可能觉察与承认
内心的贫乏与空洞

抛开年纪
以及世俗秩序

从轨道中滑出
留一些时间给自己
跳出岁月铺设的阶梯
获得俯视众生的资格
高高在上
没有什么羞愧

反省成败得失
和自己置身的时代
滋生一些反躬的念头
没有人关注
显赫的名字
配置了多长寿命
历史剔除种种琐碎的情节
仅仅留下耀眼的伟业功名

不老
是心里的真
微微一笑
抛下自以为是
和板起的面孔
拥有超长的精神芳龄
以至于跨越所处的时代
与未来明心见性

2021 年 8 月 28 日晚

写　诗

一开始的时候
没有想到会有读者
只是给自己看
让自己留着
心有所属
意有归处

在看不见路的荒漠中
迎风顾盼
匍匐着睁大眼睛
蹒跚举步
艰难而行
只为一种发现

曾经遇到一群旱地的小鸟
围着对我叫
有的还落在肩上
和手掌心寻水觅食

我们成为朋友
竟然是一见钟情

它们飞走以后
生命中间像是留下了
它们不惧的叫声
和吃食时的爪印、啄痕
还有飞走的方向
好像还有一条路

很久以后
我遇到了属于黄河支流的
支流的小河
顽石上生出的苔藓
一丛一丛不成林的沙棘
和曾经走过的几行脚印

它们试图迷惑我
还有讨价还价甚至怂恿
这让我新奇、激动和充满幻想
清澈的水细小的芽还有锋利的刺
一切需要小心翼翼和一心一意
如对亲爱的说话

它们关心了我

我们是朋友了
我必须有足够的表达
为了在这个多彩的世界行走
也为了有足够的诚实
因为我们有可能会成为知音

我希望奇迹发生
这条路足够漫长
肯定会有许多奇迹
但我的知音还在路上
正在孤独地酝酿
还需要足够的理由发生

2021 年 3 月 1 日晚

诗说　我说

活到一定年龄的我
就想着去找诗
诗也来找我
求她写她
似曾相识
那是在别人的意境中
有一场蜜月
就此开始

不能喧哗
也不能沉默
不知道该说些什么
也不能直接说　我爱你
彼此在感觉中呼唤
走进灵魂
我大胆抚摸诗
诗试着拥抱我

诗说
你是什么人
怎么做的人
心中没有太阳
又怎么能给花朵以颜色
最好是从心里长出来
在最美丽的地方
你不管它也自生

我说
是不是要学会聆听
远离枯燥的说辞
最好的是走进音乐的世界
只需要一名观众就够了
弹一首高山流水
能有一个人
远坐树下聆听

诗说
去诉说一件无法诉说的故事
要摘取的是玫瑰的芳香
而不是带刺的花朵
你心里是有一切的
天然去雕饰
妙手偶得之
只要心中有光

我说

我只能写自己的

我很相信文字

相信文字能组成生活的全部

看见每一首很好的

觉得很亲切

以为它就是我的

诗的

诗说

感受那些闪闪烁烁的东西

波浪上那个小光点

以及飞鸟在天空中飞舞时的鸣叫

要学会开出一朵朵花

不到来不写

每个字是自由的

它会自己行动

我说

我总是在优美的搏斗中挣扎

希望释放自然芳香的气息

成为生命的一部分

不想有什么企图

只留原本的性情

不再代表一些人的执念
妄加于它的意义

诗说
解脱了魔法的文字
会碰到另外一些字而结成故事
沿着一个谐音　一个同声
甚至一个偏旁溜走
有时就是自己的声音
在字中间找到它的形体
像托生那样

我说
文字的自由
给人的世界带来危险
但不是肆无忌惮的那种
也会有平白如水
和清朗的气象
它们最终汇合一起
回到最初的梦寐之中

诗说
是梦终究会醒
获取太阳的光辉
这是一种自然的图像

美妙并非在于对你的描述
自身的自如
恰恰反映了你
和你光彩相映

终于有些明白
采珠需要屏住呼吸
一切在呼吸时到来
想留下它
需要小心地潜泳
不要去摘下
只需细细记住它的光
这是不是就是诗

2021 年 3 月 2 日晚

冬　夜

一场雪之后
没有风也没有尘埃
短暂的白昼把清冷和寂寥
交给悠长的夜

无边的黑笼罩大地的时候
天上的星星却不怕黑
也不怕冷
一闪一闪微笑着

没有蚊虫飞舞
霜花落在玻璃窗上
大红灯笼的热透出来
还有跳动的烛光

霓虹灯也显得高贵
天际线忽明忽暗
一对老人的夜行
敲击着地面

北方的冬夜只有冷冽
没有鲜花和它背后的绿叶
但夏和秋的故事
却在延续

一切都沉浸在祥和里
白乎乎的是雪
灰蒙蒙的是大地或路
还有命运交响曲

不远处有两团火
呈现生命树的剪影
沉浸在温暖中
此夜不会寒冷

2021 年 12 月 20 日晚

因为热爱

当丝丝白发悄悄爬上额头
当疲惫的神经无情地预告肉体的脆衰
当孩子的目光变得坚定成熟
当……
我依然固执地舒抹额头的褶皱
用几十年如一日的思维
演绎一种坚毅
因为热爱

当光耀芬芳的花环从眼前划过
当美妙惊艳的温柔演绎为钟情
当热烈恭维的赞词鼓爆为喝彩
当……
我依然固执地抚慰一下稀疏的发丝
用看起来一贯偏激的满足
估摸一种收获
因为热爱

遇有阴冷我面带温暖
面对陡峭我会小心攀爬
面对背叛我会转过身来
遇有责难我会握手言和
面对广阔我会投身进去
遇有渺小我就纳入心怀
面对恩赐我躬身致谢
遇有困窘我言笑释然

为什么我会这样缺少激情洒脱
为什么我会选择平和乃至软弱
为什么我会这样执拗
因为热爱
热爱我的追求
热爱使我坚守一个承诺
热爱使我有所选择
热爱让我战胜一切

为什么我会如此忍耐以至于谦诺
为什么我会自以为是以至于狂傲
为什么会我这样甘于寂寞
因为热爱
热爱我的信仰
热爱使我坚信一个目标
热爱使我有所顾忌
热爱让我不顾一切

我好像一直很孤寂

生活好像一直都很眷顾

我好像一直在独处

生活好像一直都很满足

那是因为热爱

热爱使我选择安静

以及由安静而产生的

守望的距离

一切源于理想

因为我心中常怀理想

不忘一种本真

坚守一种信仰

因为热爱

使我坚信一种内在的占有

以及灵魂的高贵

和精神的高扬

2014 年 1 月 15 日午

生活有这样的选择

诉说是一种技巧
直接明了的生存方式
容易赢得认可
也容易造成迷惑
离开了
有些人就无法生活

曾经热衷诉说
总想把成熟和知识炫耀
由此证明一种存在和实力
获得了一些
也获得了讥笑
但失去了很多和更多

不去想无休止地诉说
能否获得认可
既然确定了目标
既然诉说不能带来什么好

宁愿选择不说
然后去做

不想让无谓的诉说
把时间和意志消耗
既然选择了宁静
既然诉说会有许多干扰
宁愿保持适度的沉默
然后确定怎么走才会更好

不想无休止地诉说
能否助长成功
既然选择了脚踏实地
沉默地对待一切
总会有一把钥匙打开
生活有这样的选择

2015 年 11 月 2 日晚

关于现代 流行

1

一个时代来临了
属于对未知的试尝和探索
更可怕的事情
也不乏对传统的坚强
根子还是在这个时代

是一种流行
无论褒贬
固然有些急促张皇
但却是鲜活的存在
与一个时代同步

不只是堕落和消极
有自出新意
风格多元
把过度形式美感放在第一
也是一种冲破

假如一定要批判
那就针对一个时代
或非议有些被尊为圣人的先祖
和他们的超前主张
以及那些鼓与呼的公器

2

没有一个时代的来临
没有一种背叛
没有一种定位与命名
没有名称
流行也只是妄叹

现代不是玩笑
与当代一脉相承
流行也不是惘然
合法地位是挣来的
总有观众的虔诚

争论并不可怕
关键在于流行的存在
是否有积极的意义
泥沙俱下的冲动
总比一潭死水要好

时代的先行
才是流行的意义
在探索的勇气和精神
才使现状得以破坏
获得活力和生命力的所在

3

文化是一种手段
从文明通向完美的时候
这与一般审美拉开距离
艺术的内部总是有着
文化财富与审美意识的贫富差距

曲高和寡的存在
只因为知音难觅
应该欣赏那些站在时风顶端的人
这是一些特殊的存在
也使时代之风得以感动

不成熟并不可怕
只有守着自留地
甘于活在母亲的怀抱
不能有所清醒
注定是一种可悲

风格的流行
乃至艺术史
只有杰出的和另类的天才的破坏
以及品质的串接
才适合冒尖

4

有一种误读
天下第一的经典
不只在于外在的精微与美妙
文采风流的融合与对人生的叹喟
才是心手双畅的杰作

只有真切而感伤的情愫
悲痛与泪水的书写
生命流转的忧郁感叹
记录人生的哀痛
深沉而苦涩

悲喜交集的结果
自身情感
人文精神
表现形式的结合
经典也曾经这样流行过

守成是再可怕不过的事情

抱残守缺或数典忘祖

可恨可怜

守正创新

万古常青

2016 年 7 月 10 日晚

马年随想

我是一个属马的人
马是我的胎记
奔放是我的天性
我是一个爱马的人
马是我的灵魂
热爱是我的心胸

我是一个属马的人
软弱不是我的骨头
回头不是我的风格
静默不是我的精神
我愿成为一匹烈马
高高昂起飒爽的头颈

我是一个属马的人
不齿屈从
不甘平庸
不务空名

我愿成为一匹骏马
勇敢挑战出师的征程

我是一个属马的人
千里马是我的影子
负重前行
面对风云
跨过坎坷
把心中的目标追寻

我是一个属马的人
我愿意成为一匹黑马
奔跑与路无关
找到属于自己的骑手
奔驰在属于自己的天地
挣得属于自己的品名

2014年2月4日午

你是一个男人

妈妈说　你是一个男人
妈妈有了你的时候便有不一样的人生
不一样的喂养
不一样的指望
也总规划不一样的成长
妈妈说你是一个男人
流淌着妈妈的血
连带着妈妈的心
延续着妈妈的命
凝结着妈妈的魂

爸爸说　你是一个男人
应该和爸爸一样
但不能学着爸爸的样
不能老觉着还有爸
不要事事都靠爸
爸爸说　你是一个男人
该操心的时候多着呢

你就不要想着你
该忍的时候还是忍着点
想哭的时候就偷偷地吼两声吧

妻子说　你是一个男人
我遇上你以后
你才有了男人的样
我的人生才成为另一种样
你应该只在一个人的心中
有对峙过绝望
有不跪的模样
你应该心中只有一个人
是曾经的温柔
也为曾经对信仰的痴狂

只有儿女们不敢说　你是一个男人
但他们说　你很高大
那是他们需要你的挺拔
他们说　你很可怕
那是他们知道你并不可怕
他们说　你很宽厚
那是他们离不开你的温暖
他们说　我们很爱你
那是他们还在长大
也是因为对他们你离不开

我对自己说　你是一个男人
这不需要标榜
只留给暗暗的誓言和衷肠
愿我不逊于这些自以为是
愿关于男人的思想
像钉子和黑马一样
面对这么好的时光
那么多眼睛中的希望
用百战淬炼自己的心
此生不留惆怅

2019 年 5 月 25 日晚

总算是悟了

在有些时候
总有万般不如意
会激发人们
离开地平线的理想
总算是悟了

看起来诱人
听起来伟大
真正不是那么神圣
在海市蜃楼的边上
就有谎言流行

具有堕落的倾向
也有升华的本能
就是要给一条线
这头牵着堕落
那头牵着升华

应该牢牢抓住
脚踏实地
恪守生命自由的底线
一步一步体察
这种人性

一个好的愿景
不会让人陷入绝望
更不会窥伺地狱的大门
少一个这样的哀痛
就多一份安宁

这已成为一种常识
但此刻却恰恰缺少憬悟
而让每一个升华的灵魂
看到希望
一切才通透澄明

2022 年 9 月 7 日午

洗

一场凛风刮过
一股寒流袭来
一个节气降临
时令
不期而至
洗了
阴差阳错的阴霾
缠绵悱恻的潮湿
和笼罩天空的乌云

一片五彩飘过
一阵馨香飞来
一个倩影驻足
扬手
清风拂面
洗了
西北风飘落的尘土
南来北往积累的疲劳
和驻留心间的郁结

2021 年 11 月 23 日午

自　由

无须太多的理由
不反对什么
也不顺从
只有诚实
求自然

无须过分地苛求
持求同存异
也不扭曲
没有功利
很平和

热爱平凡
在自为中荡漾
与无声处存在
从心所欲
不逾矩

2021 年 7 月 19 日晨

皈 依

当一切都已发生
在我们之间
一切便不再如原来
那么简单

对任何人做事
我都很大气
你就是我的特别
和与众不同

讨厌吗
从来都不会
但就是计较
我很讨厌这样的自己

为自己活着
让人变得神经错乱
唯恐失去
才会心不由己

错过了
可思念
从未放过
对另一颗心的执着

知道呢
但喜欢
无力抗拒
你就是此生的皈依

2021 年 12 月 4 日午

我知道

我知道
生的本质一如
活着的希望与热烈
爱的无私与温柔
我知道
所有的
单纯与善良的拥有和付出
让人心平气和

我知道
幽远的蔚蓝
源于广袤宇宙的一束光亮
只求光与影的反射和相投
我知道
千百载的诗篇
反反复复诉说的
也都是至死要揭开的
那一个谜底

我知道

只要仅仅有一次

能够跨过遍地的沼泽和荆棘

穿越繁华和锦绣

我知道

如果有人愿意

一起追溯和探求

在那遥远而蔚蓝的源头之外

我们终会相互拥抱

2021 年 12 月 20 日晚

意 外

时光流淌到这里
就算是一种极致
一如戛然而止
欲据为一人所有

里里外外影子只有一双
前前后后除却孤独
也无愉快和轻放
平静一如幽远的蓝

风只是一种感觉
可有可无地飘着
一如生命的弦
任自由地拨弹

2012 年 12 月 22 日晚

想写一点什么

平静之后
热闹有一种新鲜和亲切
有兴致把心情
写成一首诗
在太阳西斜的时候
交由月亮和星星珍藏

爱着的时刻
精力是用不完的
灵感会成为诗的源泉
有一些浪漫的打算
就是让黎明
发表日出的呼唤

欢乐会压制另一种欲望
是醒悟后的痛苦和不安
也许还是想写一点什么
只是固执的怪癖

发表出来了
抑或是选择沉默

写什么呢
醒悟的感觉
理解的价值
爱与不爱的委婉
一个艰难的过程
泪水交织着的心动
包含着多少曲折

能说些什么呢
血液是流动的
自我是微不足道的
圆满的艰难浇铸着
柔软而又冷酷的心
无法替代崇高的
自我牺牲

这太漫长了
也有些抽象
做一些自我剖析
和悠远而蕴深地挖掘
那倒不如从梦中醒来
自我陶醉
也留给新的一天

再等一些时日吧

就当是一种尝试

也不用灰心

还需要思索

并探问一下这人世

走得最急的

莫不是那最美的时光

2021 年 12 月 23 日晨

请别伤害

我已无语
甚至无悲哀
世间已无阴郁
无冷冽
雾罩尘封的四季啊
请别伤害

我坐在河边
望着摇曳的芦苇
有些站立着
有些已经倒下
暗流在脚下涌动
悲剧时断时续

曾经是茁壮的
屹立的
也有飞花飘扬
和喜鹊站在肩头

那是多么的幸福
但幸福已经逝去

我也知道
叶儿能够把花儿摧毁
一粒种子若是落进沙里
就很难萌芽
芦苇中一片裸露砾石的旷地
就是范例

我也写过
正直总是有对邪恶的恐惧
爱与善虽然值得敬仰
但缺少动词
内心的扭曲
比容貌更糟糕

我的文字已经失去温柔
失去高贵
写诗也无济于事
回想起曾经的青春
有时我会微笑
但却想撕破

我的文字充满了血性
诗句横着飞出

乌云飞走了
阴影留在心里
泪水不会流出
记忆的只是无奈

我的天平已经恢复
受伤的灵魂
叩问周围繁杂的噪声
可以不爱
也不要伤害
为什么要恨呢

我已无文字
世间已无愤怒
面对让芦苇倒下的暗流
不管是有意还是无意
万般无奈
爱得火热依稀

我终于转回身
猛然觉醒
那千条百条捏造的理由
都是了然的轨迹
重回起初
便不再无奈

跟着这流水走下去吧
就这样微笑着走到尽头
即使有沉重的影子陪伴着
那也不怕
试着去忘记伤害
就像痊愈后有力地站起

2021 年 12 月 24 日晚

爱你是我的生命

如果我是一位诗人
只会写一首诗
只有一个主题
抑或不写
但心里会有一个远方

如果我是一位画家
会画许多画
但只有一种色调
抑或是涂鸦
那也可能是一笔成

如果我是一位哲人
只会思考一个问题
哪怕只有一种结果
抑或是可能
那也只有一种回答

如果我是一位隐逸者
只会盯住一件事
只有一个想法
抑或是不想活
那也是为一个信仰

如果我是一座山
会只留下一条出路
一个泉眼
抑或是荒凉
也只为一个季节芬芳

如果我是一棵树
只会伸出一个丫枝
只生出一束叶
抑或是飘落
也只为一朵花开放

如果我是一本书
只会起一个别样名字
只有一个字
抑或是有误
那也是为了一个誓言

如果我还能好好活着

只会塑造一个故事
只有一个主角
抑或是悲剧
那也是为了一次精彩

如果我还能写诗
只会写一次邂逅
只有一瞬的凝视
抑或再无续篇
那也会是一个绝笔

如果我还能大胆地去追求
会只为一个目标
爱你是第一个
也是最后一个
因为爱你是我的生命

2022 年 3 月 20 日午

我就是那棵草

你是一片温润的黄土地
生长一地的奇珍异宝
在你的怀抱
我美好地生长着
不为所见所觉
你的滋养是怜惜和同情
甚至未曾感觉我的存在
也许从未给过抚摸

你耕种的时候深埋了我
我在你的怀里昏睡或沉迷
你干涸的时候
我就逐渐枯萎在沙土中
但是我从未放弃
知道还会有美好的生长
当你温润的怀抱
成长生命的美好时光来临的时候

我就是那棵爱你的草

生长在不知不觉中

依偎在你的怀抱

你也从不嫌弃

我从不敢挑剔

是那么谦卑沉静

只为陪伴世界的美好

不离不弃在所有的春晓

2022 年 1 月 12 日晚

无 题

总是在
梦很深很深的时候
突然惊醒
没有一点准备
只有律动的唏嘘

翻转一下方向
面对夜晚的祥和
以及昨天的记忆
有一些顿悟
如梦一样奇异

不期而至的
不只是故事
还有突然清朗的思绪
澄明而洁净的夜色
一如冬去春来

把一切滤除
把一切捞起
什么都不少
只缺一个真实的拥抱
和一次奋起

抚摸跳动的心
呼唤埋藏在深处的
一个牵挂
和不断想说出的
两个语词

2022 年 2 月 12 日晨

第三章

真爱如饴

爱如秋菊。我以为，真爱是天生的，相信爱情，从眼睛开始，难以洞穿。

那是一个夏天，遇见心疼，给我一场恋爱，想给来生一个惊喜，再现诗意。

不要问我怎么回事，你想说什么，致爱人。请原谅，只要还有爱在，从不寂寞。其实一直都在，相信忏悔，等着复活，我的世界只有你。

真爱是天生的

突然来了
不知道　不知道来自何方
没有什么声音
也不沉默
也没有走开
在纷繁浩瀚之中
彼此感应　不断走近
没有征候　伴着火热
没有迟疑和别扭
就燃烧起来

不需要说些什么
也不晓得
如何称呼
该怎样表白
只觉得灵魂受到冲击
一种来自天外的闪光
将这碰撞的火花
变成心有灵犀

那是从心中迸出的呼吸
只需用心来承负

一切都如创世般新鲜
随时的顾盼
彼此的微笑
冉冉飞入心窝
幸福的大门
全都敞开
身上的热流
掀起飞花四溅的波澜
那颤抖的言语
永远是第一次听见

蔚蓝色　玫瑰色的
彼此交融和缠绵
那颜色自己生出的
如真正的诗
是天生的一般
只有永远的唯一
真爱的味道
与耕种有关
只要有一片灵性的土地
自己会长出来

2012年5月5日午

你想说什么

每一次回眸
举步
欲言又止
你想说什么

每一次凝视
站立
心事重重
似乎难以启齿

每一次问候
关切
口是心非
你睡着了吗

每一次回答
无奈
我很累
但却难以入睡

每一次回味

纠结

你已走开

我自伤心流泪

每一次叩问

愧疚

心照不宣

而你自不语

2015 年 4 月 19 日晚

其实 一直都在

好久不见
就孤单
梦见你
不管酷暑连连
路途遥远
灾祸漫天
只为一个梦
只要两相恋

其实不用
一直在
从未离开
纵使迷雾重重
心怀牵绊
长夜难眠
只为一份缘
只要回头看

2019 年 7 月 12 日子夜

难以洞穿

每当拿起手机
透过
荧屏的蓝色
键盘的字符
跳出一个亲昵名字
就想到
一个爱人世界的浩瀚
而不忍拨打出去
以为这样
就可以珍惜
今生的缘

只是
那微信中闪耀的光
于眼花缭乱中
依然直击心底
天宇澄澈
太阳晶莹

而直入蓝色的树的枝丫
和聚焦一点的光圈
尽管是一时的杰作
却一直会激起
心的飞翔

是不是
需要打开
接通
哪怕是沉默
一秒一分
彼此互相依偎
彼此倾听呼吸
东南西北中
再走一段路
一个新的约定
一个久违的跃动

将心凭寄
御风翱翔
于这人间万种千般
终究还是难以和某些执念
做个了断
眉心是滚滚中的纠缠
可掌纹蜿蜒

好像仍是在揭秘
远方的蓝
近处的线
一腔牵挽

难以洞穿
一次有一次的定数
一句有一句的意义
贸然地接入
是不是浪费
抑或是纠起想念
打住吧
需要珍惜
要表达的太多太黏
还是留足今生够用
不要急于用完

2020 年 7 月 10 日下午

忏 悔

才知道
多少句话的问候
难抵一次耳语
需要亲身听到
不为矫情
只为一种气息
只求一个注入
和心动

那无法拒绝的流动
久违了的呼吸
和聆听
只是为了一次亲近
即便是远隔千里
也是一种声音的意义
也为一种得到的满足
和存在的意义

"我们就到此吧"
没有在一起
这就是距离
没有听到的
哪怕一句问候
何谈情义
为此已经渴望已久
直到热烈褪去

字词
即使看到万千条
那只是符号
无呼吸
无热泪盈眶
无共鸣的死寂
我只追求听到
活着的声音

亲爱的
我们还不至于如此呢
如果不是刻意
没有什么能阻隔距离
千言万语不会停止
诉说和聆听
只有需要的时候
才有足够的意义

如果一句

哪怕是一秒一分

一次倾听

能温暖一颗心

我愿一刻不停

哪怕是一个字

抑或是沉默不语

也要不停张嘴

我会记住

不奢求太多

那怕此时沉默无语

也要有一次划动

一个铃声的震颤

一次拿起和放下

一次潜然心动

和反复念叨的两个字

2021 年 5 月 10 日凌晨

请原谅

如果无数次地书写
抵不上一个声音
那请原谅
一个男人的肤浅
爱是不是
只是问候
还需要聆听

如果无数次地问候
低不上一次凝视
那请原谅
一个男人对爱的误判
爱是不是
只要走动
还需要柴米油盐

如果几十年地爱恋
还没有一次相拥而眠

那请原谅
一个男人对爱的粗俗
爱是不是
只表现为语言
还需要切肤之欢

如果承诺过爱情
就不能有任何短暂的失联
那请原谅
一个男人理解的狭隘
爱是不是
只是完全占有
还有宽容和信赖

我只相信
和成百上千相比
一更苍白
和一次表白相比
多更接近真实
和适度距离的守望相比
心灵更适合宽绰的空间

我宁愿就这样守着
只怕万一会打破
此生修来的福分

哪怕是沉默不言
抑或是保持着适度矜持
但那绝不会是冷淡
只为超度此情此缘
一生完好美满

2021 年 7 月 10 日凌晨

我以为

我以为
已经把你遗忘了
落在昨天的尘埃中
那样平凡那样琐碎的
流逝的岁月

我以为
只要一切波澜不惊
即使有轮回的转折
也毫不觉察
只字不提

虽然光阴如梭
可是
不眠之夜太长
落尽泪水的眼睛
难以掩藏忧郁

已有白发染鬓
可是
心中的谜底
在晚秋的时日
开出了傲霜的玫瑰

2021 年 7 月 11 日晚

只要还有爱在

除了爱你
我没有别的愿望
你的一片云
遮盖了我的天空
你的一朵花
开满了我的土地
你的一双眼
看透了我的世界

我把你造得
像我的孤独一样大
整个世界
够让我们隐蔽
日日夜夜
好让我们彼此瞭望
为了在你的眼睛里
不再看到别的

你只感觉你

幽怨时候的心结

我只知道我

对你想象的真切

还有你的面颊

控制的日日夜夜

是有一些焦虑

只要还有爱在

2021 年 7 月 15 日晚

想给来生一个惊喜

说不出来
为什么爱你
但我知道
你就是我
不爱别人的理由

迟到了很多年
可依然为你的到来
感到温暖
能给你的实在不多
只想我们都是唯一

只有给你了
我才能知道我
存在的意义
和下一次
爱你的借口

只有你给了
我才有给你的
这只是爱你的开始
这只够
爱你一次

不见面的日子
要好好积攒爱意
不用质疑我的爱
给你的
别人没有

不要怀疑对你的爱
仅此一份
就足够我一生一世
不再回头
不再后悔

见一面吧
心潮汹涌的爱意
总要有个交代
和你在一起
心被塞得满满的

所有的爱意

都因你聚集
只做你的例外和唯一
汇报一下
我比昨天更爱你

我只想把
这辈子最单纯的喜欢
和数不尽的温柔
都给远方的你
给来生一个惊喜

2021 年 7 月 22 日晨

爱如秋菊

我相信自己
对你的仰慕　如同
高洁的秋日之菊
不凋不败
妖冶如火
承受心跳的负荷
和呼吸的霜霓
乐此不疲

我相信自己
对你的眷恋　如同
每一次花开
璀璨似炽
浓烈欲滴
承受露雾的弥漫
和绵绵细雨的浇筑
一如新生

我相信自己
对你的思念　如同
展现所有的芳香送上
与你同在
不离不弃
感受岁月的沧桑
和素颜的高贵
独一无二

我相信自己
对你的爱意　如同
高原深秋的浓郁
走过青涩的芳菲
历经艳阳的滚烫
和高天的见证
就会在眼下
结出果实

2021 年 7 月 22 日晚

怎么回事

总是忍不住　会问
怎么回事
和过去　还有他

如果难以回答
那就　略去
一切就当从头开始

如果一些故事
还在演绎　且动人
那我们　就一起延续

2021 年 9 月 5 日晚

从眼睛开始

秋凉了
冷已经开始降临
我们继续着
还爱吗
从眼睛开始

游离的
无言以对
是已经离开了吗
不敢正眼
就这样吧

紧闭的
是不想看
还是在隐瞒什么
我想知道
请睁开看看

忧郁的
无法表白
还是自己解读吧
虽然无光
你明白了什么

炽热的
直击心底
如第一次约会
迎面入怀
心扉一直在敞开

湿润的
还是看着眼睛
眼泪的真切
继续从这里开始
读懂一切

2021 年 9 月 6 日晨

从不寂寞

既然遇见
如果一见如故
那就是缘
纵然相隔千万年
没有意外
不必羞见

既然思念
如果感到幸福
那就不再孤单
有爱相随
没有虚妄
不必幽怨

若是寂寞
那就是灵魂
被你带走了
只剩下躯壳

无法归还
还需续缘

若还是寂寞
那就是
爱已经死亡了
把自己走丢了
只想要妄加
只剩下妄念

只是我
不相信寂寞
心中有人有爱
只有思念
不为虚假的承诺
只为当初的心动

只是我
从不寂寞
只有心疼的撕裂
只有思念
只想不枉此生
只为如初的一见

2021 年 9 月 8 日晨

再现诗意

用一大堆的经典来记述
用一大堆的时间来消磨
用一大块的空白来垂钓
为什么
如此没落

如果不是日子无奈和寂寥
如果不是脑子空白和坏掉
如果不是文字躲藏或睡着
竟然是
毫无诗意

翻越两千年的沉思和批判
翻越两个人之间的恩和爱
翻越两个点之间的近和远
难道是
这般沉重

如果没有你我就毫无灵光
如果没有念我就毫无心动
如果没有爱我就毫无信仰
我知道
诗在何方

重回非常的炽热
重拾非分的触媒
重构非我的意象
也许会
走向远方

2021 年 9 月 10 日午

那是一个夏天

那是一个夏天
酷热难耐消散之前
我们已经厌倦了那透明造成的隔膜
易碎的思念徘徊在跌落的边缘
不停闪耀的幽光
撞击着心中的痴念
亲爱的　我情愿我们有
柔情的忧伤的爱恋

脆弱来自那经不住摔打的心疼
捧着还是拥抱
啊　别怕
亲爱的
易碎的思念的执着
或是那透明造成的隔膜
因为我情愿我们化作那半世琉璃
我和你

我心头萦绕无数的闪耀
你所举的半世琉璃
在这里　时光不会遗忘我们
悲伤也不再来临
很快我们会远离透明的隔膜
亲爱的
那是一个夏天的结尾
也会是我们爱的回归

2021 年 9 月 12 日晚

相 信

我相信爱情
也希望爱情相信我

爱情相信我
但不相信我一定会相信它

爱情那么稀罕有人相信它
那它就不是爱情了

爱情那么希望别人相信它
有那么可怜的爱情吗

爱情是生命的时候
爱情就值得相信

生命里只有爱情的时候
就会有爱情

2021 年 9 月 12 日晚

给我一场恋爱

已经过去很久了
是没有　还是忘记
你　是否给过我
一场轰轰烈烈的恋爱

传说是轰轰烈烈的
众所周知　惊动无数
有一些传奇
创造一段历史

无人知道
这只是传说　抑或是演绎
谁能说无中生有
不能成就一段情缘

不应该忘记
抑或是有另一种意义
曾经的浪漫　不够刺激
乃至不能铭记

曾记否　乡间的小河边
柳树还有芦苇
把心融入的时候
就已经惊艳了一片

那是很久的事了
如今的结局
不为曾经的轰轰烈烈
也是一个新的开始

无须纠结或牵挂
除非一种深刻的故意
没有一场像样的恋爱
整个人生都是遗憾

2022 年 4 月 7 日晚

不要问我

不要问我
你是谁
这让我流泪
我还在不在你心里

不要问我
你爱谁
这让我心碎
我还是不是你的唯一

不要问我
爱为谁
这让我沉醉
我的世界只有你

1995 年 10 月 5 日晚

等着复活

天上有了你
人间造了我
就像太阳
给了大地光辉一样
我们彼此成长

远远的
我看着你
将毫无遗憾
你说没有你
我活着还有什么意义

深深的
将一切种在心里
谁也离不开谁
你就是我的心容身之处
只有唯一

痴痴地
等待一个时刻
春天让我们发芽
让过去的一切
从此凝聚

天上有了你
人间造了我
就像大地
需要太阳的温暖一样
等着复活

2008 年 8 月 15 日晨

相信爱情

有一种邂逅
会有生涩
和姗姗来迟的羡慕
要相信
这可能　就是爱情

有一种回眸
会有蓦然
和些许多余的滞留
要相信
这可能　就是爱情

有一种心动
会有撕扯
和由此而生的疼
要相信
这一定　就是爱情

有一种同行
会有纠葛
和油盐酱醋的熏蒸
要相信
这样的平凡　造就爱情

要相信　有一种爱
就是用一生的寂寞
富饶贫瘠的旷野
只为一种收获
如诗意　穿透孤独

要相信　有一种爱
就是去抵达很远很远
谁也没有到过的地方
发现美丽
用光芒　洞彻心灵

要相信　有一种爱
只会是包容和成全
心痛但无悔
凄美也是一种美
未曾放下　一直都在

因为有过盟誓

执着于回眸的依恋

也有过悲伤

以致绝望和心碎

所以　要相信爱情

相信爱情

那是没有焰的烈火

心存爱情

此生便有

爱着　不需要理由

日子好起来时候

越发相信

最美丽的生命

没有爱情就会憔悴

真爱　从来不累

相信爱情

一个人时守望

安静而丰盈

两个人时相拥

温暖而踏实

2021 年 4 月 9 日晚

遇 见

一回首
你还在
在朝圣的路上
今生最好的遇见
与缘无关
却也不是偶然

傻
真
地久天长
等待一个转身
是回来了
也许本就未曾离开

在守望中默诵
沉醉中流出灵感
和更痴的念头
坚持到最后

从无远离和背叛
为了更好的前缘

心中有个梦
才能活下去
因为有念
遇见更出色的你
一转身我就在
一直在等待

2020 年 12 月 10 日午

心　疼

自从有了一个梦
一种痴念
就常常感觉心疼
伴随着关切
声音和微笑
从悠远的思念中飞来
忧郁和沉默
一举一颦
心就一忽一忽地
撕扯个不停

这是什么感觉
拥有还是割舍
受伤还是慰平
梦中还是清醒
精神还是困顿
塌陷还是竖立
抑或是在疗伤

抑或是切入太深
把一颗心
铸入另一颗心

把心打开一条缝
钻进去
占据所有
用手扬起一道风帆
波涛汹涌不停
注入异样的呼吸
扯牵敏感的神经
以致同起同落
不动就疼
一动更疼

为什么如此
是因为爱得太深
今生最美的遇见
今世最拗的执着
在心中扎了根
还因为有一颗心
爱更沉重
不顾一切
胜过一切
以至于用生命

最难言的痛

来自心动

看不见伤疤

也难以愈合

即使愈合了

不再疼

那也是来自遗忘

能够治愈的

不是时间

而是洞彻

1991 年 8 月 6 日晚

致爱人(一)

我能想到最浪漫的事
就是每天醒来
能吻一吻你的额头
然后面对窗外的星辰

这个冬天之所以寒冷
那是因为
身边缺很多温暖的问候
和一颗滚烫的心

最温柔的月光
也抵不过
你转瞬回眸的闪亮
和洒照着关切的呓语

错过了青梅竹马
相见在情窦初开
难忘同窗时的热恋
如今我只和你两鬓斑白

我想就这样陪着你
直到心电图
从小山变成大海
再复归平静和幽远

我最期待的未来
是时光往复相守如初
风里雨里每天为你写
一封三行情书

2022 年 2 月 14 日晚

致爱人（二）

我是一棵树
你是缠绕在树上的藤

我是一只追逐自由的鸟
你是大树上坚实的枝丫

我是顺风而上的风筝
你是一眼盯着一手牵我的线

我在看着你的脚步
你却盯着我的脸

我不追逐你的身影
你却守候我的归还

你不在乎我的逃遁
我却掌控你的心弦

你把前世交给了我
注定我要在今生归还

你包容了我现在的冷落
我铭记了你曾经的火热

你用无微不至的关心拴住我
我只好用一生的陪伴来报答

2014 年 1 月 11 日晚

我的世界只有你

从梦中醒来
感觉还在梦中
所有过去的瞬间
从第一次告别的目视
挫折时的鼓励
招摇时的提醒
跌倒时的紧紧握着的手
未曾倦怠地问候
只为获取一个信息
一个时辰的一次梦醒
只为确定一种感应
意境中的无数次拥抱
只为空间的叠加
梦中的笑脸
还有笔墨中的味道和文字
明媚而热烈
充斥了几十年的岁月
只有始终如一
过去的世界只有你

放眼望去

遥远的天边

只有云一朵

那就是你的回望

花儿开了又开

漫山遍野的颜色

只为这个春天芬芳

风筝飞得老高老高

攥线的手不会松开

一条路走了又走

踏出了无数脚印

只循着一束星光

只盼一个美丽的光影

若即若离若隐若现

大到模糊不清

蓦然回首

只有几天不见的消瘦

和怜爱幽怨的眼神

可以看到的世界只有你

铺开纸张

静坐深思

思绪化作一线

要写的不多

也很清晰
只有一个形象
凝聚成一点和唯一
就在我最美的诗行里
让占据心中的全部倾泻
三个字写了又写
只要一个字
就想写出不同的味道
一张纸写了很长时间
还是一片空和无
我的世界不够大
就是把自己交出去
只够容纳一颗心
眼里也只有一滴泪
我不想哭
是因为还要继续留着
只给一个人
可以容纳的世界只有你

然后睡着了
又回到先前的梦中
用天籁传音倾诉
亲爱的
你依然在我心
和最美的诗行里

留香的字符

幽怨的泪滴

热切的顾盼

和一遍又一遍的叮嘱

唯愿多年以后

你我修得同样的眉眼

同样的身世和遭遇

还能相见时

听你说一声一直都在

我们从未分离

你的世界我来过

我的世界只有你

2021 年 3 月 11 日午

第四章

从善如初

如果把所有的妄念都收藏起来，向远处看，关于风月、山恋、水中，无题的一瞬，请不要这样。

当诗不再抒情，一切无足轻重，还不如独行。只要乐意，到秋天里来散步。

选择另一种活法，营造静、一。

有一种感觉，只有你带给我，我的世界是一片海——美的叙述。

收　藏

不要以为
一切都是过眼云烟
心动不论贵贱
眼睛洞穿时空
热爱就在瞬间

为了一种心仪
为了一种归宿
为了一个执念
也为了一种爱恋
总是做不断的抉择

小心翼翼地
抚平一些创伤
双手捧起
神圣的供奉
相见即是有缘

把一些归入
日子的一部分
灵魂的依附
成为一个秘密
放在隐蔽的空间

就是天价
也能够开出
从不会犹豫
只要据为己有
时间比眼睛更会看清未来

不论是谁
即使远在天边
总会相见恨晚
也会收入怀中
成为一生的牵念

越玩越精
越藏越深
越老越爱
越疼越亲
越久越真

2022年7月12日晚

山　恋

我必须再去看山

在西北的黄土高原腹地

看那

绵延不断的幽静粗犷的大山

和少见的云海

只需一双高翔的翅膀

和曙光指引

令我无法拒绝

山风伴着白云飞舞

梯田层层

黄水腾涌

九曲十八弯

百折不回头

涌向天边

我必须再去看山

透过黄土的沉积

一堆堆山丘

一幢幢石碑
和那些被千古风蚀的铭文
令我无法拒绝
巍巍身影
铮铮铁骨
悠悠岁月
像黄土一样
柔软坚韧
如北风一样
冷冽彻骨

我必须再去看山
去感受
那绵延不断的残塬所呈现的
大山的雄浑和厚朴
峰回路转
柳暗花明
在一道道脊梁
随风歌唱信天游
杏花开编沟沟岔岔
烟雾弥漫
先祖圣地
人文肇起
看万尊尽显文脉

我必须再去看山

看那

前行道路的漫长曲折

和难以逾越的起伏

还需要一双洞穿的眼光

和积淀的神髓

令我无法拒绝

一道弯连着一道弯的岁月

秉性难改

世外桃源

人间烟火

仙风道骨

沧桑满怀

我必须再去看山

看那

于无声处的回音

空无人烟的寂然

和默默的耕耘

还需要一种足够的爱心

越过春夏秋冬

令我无法拒绝

五谷杂粮创造的惊艳故事

窑洞热炕

白头偕老

冬暖夏凉
起早贪黑

我必须再去看山
踏遍文明之迹
遍观民俗之旅
听笑谈
不畏浮云
无所谓闲言碎语
不忌惮灰飞烟灭
于无归处
勘探潜夫足迹
畅叙丰功伟业
如松柏之千百年常绿
生生不息
叹人生之忽然

我必须再去看山
在黄土高原腹地的塬边
看那
高大与低矮
明澈与晦暗
桃花盛开的时日
只需一支五彩的笔
和朦胧中走出的灵感

借一阵西伯利亚风的冲刷
远与近的交织
光与影的穿越
灵与肉的博弈
天与地的灵异

2022 年 7 月 13 日晚

关于风

无为
来自天际
有为
来自心里

不是
总在吹
而是
从未停止

入怀的
学会拥抱
飘走的
敞开心扉

更猛烈些吧
该经受的
不会随意而过
总会把一些留住

总在吹
在吟唱
生命的本身
就是一首歌

2022 年 7 月 15 日

一

一去
一回

亦逝
亦存

一往
一归

已生
已死

一得
一失

简单
决绝

2022 年 7 月 22 日

静

白天
不是耳边无声
大概是心中无争
把一切
只交给清风
闲适
飘逸

夜晚
不是眼中无景
大概是心中无色
把一切
只交给光影
调柔
祥和

今生
不是五蕴皆空

大概是心中无名
把一切
只交给诗句
高贵
安宁

2022 年 3 月 23 日晚

妄　念

只因一次开掘
佛光闪耀
奇迹出现的时刻
照亮了蒙昧
搅动了妄念

也许只是一个传说
营造故事的时候
才显异彩
为人利用
意在情节之外

也许真的有一个神祇
藏在清净
无他无我无欲
与大地为一体
如果不为什么

既然有一次闪耀
是不是就应该映出
众生的凡心
不惜搅动妄念
而佛自不语

2022 年 3 月 28 日晚

一切无足轻重

往前看
指日可待
往后看
风驰电掣
这是岁月的节奏

人生的意义
止于人生
不止于活着
有做不完的梦
没有只梦不醒

刻骨铭心的惨痛
过去了
回头看
一切无足轻重
不一定非要抓住什么

建立快乐
在善意之上
在自己的内心上
平白而简洁
也是一片喜悦

希望自己活在荧幕里
所有生活中
遇到的不如意
都被简化成一行字
很多年以后

2022 年 3 月 21 日晚

还不如独行

第一次理解的美好
上帝也未必看见
被摧毁了的
找不到恰当的表达
就让时间重构

没有爱
就没有你
也没有我
没有是非恩怨
缭绕太久的时日

只在寂静中回忆
谁也不曾拥有
沉静而辉煌的
无端被遗弃的
所有被恢复的幸福

万物皆有裂痕

万物皆有美好

欲顺应这些的时候

似有一种落寞

却获得了恒久

生命的勋章

如果找不到契合的灵魂

还不如独行

似清风一样

随便挂在一处星空

2022 年 3 月 22 日晚

只要乐意

我羡慕
那些来自大山的游子
在记忆中
总有一个影子
愈久愈重
如影随形

尽管有些虚无
甚至贫瘠凋敝
诗意只在多年以后
在偏僻的村落
抒发成篇
回味无穷

只要乐意
便可以尽情地遐想
用已经丢失殆尽的激情
可靠地寄存

曾经的故乡
已经久远的味道

一个脱不开的梦
丢失殆尽的影子
即使后来一无所知
只要没有背叛
若是自我慰藉
依旧浓烈如初

2022 年 4 月 23 日晚

当诗不再抒情

当诗不再抒情
而是理智地思考
文字就会无限延展
语言之神奇
令人惊叹

找不到恰当的表达
如手把枯草
欲之使其腐烂
还不如缓缓释手
复归泥土

打烂了重塑一个
那就是再生
也许还会是涅槃
重回天堂
自由自在

诗还得是诗

无须惊叹

理性需要内生

所有能够唤醒的

都值得记忆

2022 年 4 月 24 日晚

水　中

没有什么
就是一汪
一线
还是一泉
清澈见底

没有什么
就是有鱼儿
一双
还是一族
忽隐忽现

没有什么
就是有人在里面
一个
还是忧郁的样子
那就是自己

没有什么

突然跌落了霓虹

一闪

还是五彩的

那就是光的絮语

没有什么

就是一阵风

一吹

波澜咋起

只有涟漪粼粼

生命若水

不只在静

还有一趟流过的旅程

石过处

惊涛骇浪

2022 年 5 月 5 日晚

向远处看

久居一隅
一切只在眼前
在身边
走不出脚下
繁杂迷惑
不能自拔

有一种感觉
就是睁开眼睛
透过光圈
洞穿迷雾
走出藩篱
极目苍穹

光即使在天边
越过起伏不定
也有路
有伴侣

有梦想

从眼前延展

向远处看

对着绿色

还有一片蓝

深邃宽阔尽显

风光无限

人在旅途坦然

2022年6月4日午

营 造

无论在何时　何地
总会营造
一些温馨　和煦
以及美好的故事

可以在望得见炊烟的
山的那边　那窑洞
有崎岖的山路
和篱笆围着的　桃园

也许在热闹的街区
一幢摩天大楼的　顶端
有落地窗　霓虹灯　席梦思
和楼下的繁华一片

也许在郊外的一处　小院
不落后也不现代
无花　有草　有文字
正在构思和演绎的　故事

山的那边　那窑洞
摩天大楼的一隅　席梦思
和小院的主子　客人
都是故事的主题

2022 年 6 月 5 日晚

所有……都……

所有被风吹过的树
都显得精神

所有被激流冲刷过的石头
都光洁而圆润

所有被爱抚摸过的躯体
都温柔而清纯

所有被恨伤害过的心灵
都隐忍而坚硬

所有经历过生死的灵魂
都安静而深沉

所有被良知叩问过的文字
都清新而澄明

2022 年 6 月 6 日午

散　步

应该保持一种习惯
如果可能
不要去任何地方
不为目的
不去赶路
只求一种节奏

人在途中
每一刻都在进发
都是目的
永远不会是一座房子
和一棵树
或是一片美丽的风景

只会是空气
还有土地
慢慢地融合在一起
将成为一座森林

一片天地
生命的一部分

将自己交给本性
交给自然之境
永恒的真实
与世界发生
那无尽的尘世
融为一体

每一刻
都回到了家中
虽是纯粹的孤独
和世界独处
将灵魂放飞
交给古老的元素

只要想着
在这片土地上行走着
已经走出第一步
最好是在星空下
不求节奏
只成为更好的自己

2022 年 6 月 28 日晚

有一种感觉

转了一圈
就有一种感觉
风光无限
但还是缺少
同根同脉的无间

走出去
会越来越远
世界会越来越大
相聚的日子
却越来越少

回来了
多待多看
穿越时空
走进心灵
到达久违的宁静

每一次离开
都不知道
什么时候回来
每一次离开
很容易变成永别

有一种感觉
就是别走太远
还有一种感觉
就是边走边看
还等着回来

2022 年 8 月 1 日午

到秋天里来

炽热的心
在一个炽热的季节
来了
走出那纷纷繁繁的绿荫
眼中
又见落叶鹅黄
又遇瓜果飘香

我的黄土高原
永远不老
秋高气爽
落叶归根
虽然芳菲离弃
葱茏又朽坏
在一场又一场季风中褪去

来吧
沉醉的心灵

到这重峦叠嶂之地
因为太阳和月亮
丘陵和梯田
大川和小河那曾经的激越饱满
在这时恢复着澄澈和清凉

天地伫立着
挥动不息的旗帜
时光和世界永远在匆匆地飞逝
葱茏并不比鹅黄更可爱
芳菲并不比果实更珍贵
走吧
到秋天里来

2022 年 8 月 12 日晚

请不要这样

请不要这样
用药物来迷醉自己
然后展示一种安静
和这之后的开心
释放忘怀
掩盖一种意的失落

请不要这样
用推拿来刺激的身体
然后把一块一块的伤痕
和这之后的轻松
展示迷惑
掩盖一种情的纠结

请不要这样
用一种高难度的动作
专业的倒立和后仰
和这之后关节的脆响

呼叫快慰
掩盖一种爱的苦痛

请不要这样
用一种不想吃的借口
然后用健康的理由
和这之后的华润
强打精神
掩盖一种心的脆弱

请不要这样
用一种伤痕
抚慰另一种心痛
没有谁能挽救自己
让我们相互抚慰
走过这人生一劫

爱着的人
隐隐作痛到发抖
虽脱胎换骨
没办法说服
不爱的发现和成全
用不着磨难帮忙

如果这样的伤害

是为了解脱
那就是被爱的罪过
我情愿赎罪
让自己癫狂
让自私的爱殒没

爱着
请不要用伤害
着迷爱情
和曾经的海誓山盟
却一直伤害
爱情会疯

2022 年 8 月 15 日

如 果

谁唤醒了我
谁就是我的上帝
如果我还相信

谁批判了我
谁就是我的朋友
如果我还可救赎

谁理解了我
谁就是我的知音
如果我还心动

谁爱上了我
谁就是我的生命
如果我还可爱

谁拥有了我
谁就是我的一切
如果我还值得

谁拯救了我

谁就是我的灵魂

如果我还活着

2022 年 9 月 1 日晚

只有你带给我

想朦胧的时候
却愈发清晰
跳入眼帘的
不只是眉目
还有电闪雷鸣般的
心动

想褪去的时候
却更加浓重
山雨欲来
浓郁的不只是风
还有花蕾绽开的
芬芳

因为频率相同
总能相逢
向前奔跑的路上
归途中

只有你带给我的

诗意

2022 年 9 月 3 日晚

无 题

不希望什么
自然无法得到
不希望有的时候
也就理解了无

没有绝望过
自然无法理解选择的意义
拾起和放下
不只是进入和回归

曾经丢弃的
是否还能够拾起
已经拾起的
是否还能留住

有需要的时候
存在才有意义
彼此都需要的时候
守望才有价值

爱得窒息
无异于离弃和毁灭
意欲占有的时候
那就意味着失去

无比热爱的时候
绝不是给无限以自由
任其自然
才是最好的归宿

2022 年 7 月 10 日

选择另一种活法

春天的时候
叶子和花
渐露新芽
欣欣向荣

夏天的时候
花红叶茂
在青涩中成熟
摇曳如火

秋天的时候
它们都有些累了
把希望交给根和种子
复归尘埃

冬天的时候
大地洁白一片
绿色需要休息
悄然隐迹

季节轮回更替

由洁白和安静掩护

生命需要休息

如果这就是死亡

像泥土一样干净充盈

选择另一种活法

即使知道心中

还有一个不可战胜的夏天

2022 年 8 月 11 日晚

我的世界是一片海

世界说我是人
那就是
一种名称和概念
有妄心和妄念的生命

生物界说我是人
那就是
具备了一种抽象的形
有情思和慧根的种姓

现实生活说我是人
那就是
以一种化身
同辛劳一道流逝于红尘

在沸腾的季节
在心底听见那声音
想过和做过
舞台为我而设

我要起身前去
用树枝和着泥土
在山间空地上独居
在心底听见那声音

我将起身前去
蚁一样的卑微
神一样的美丽
不会只为容颜苟活

我将享有澎湃中的平和
呈现另一种相形
我就是我
我的世界是一片海

2022 年 9 月 8 日晨

一 瞬

有那么一瞬
这个世界
变得空无
如惊雷炸过
复归于寂
在天地

有那么一瞬
这个年景
千头万绪
野草一样破土
疯长起来
在四季

有那么一瞬
这个季节
风姿绰约
万物莫不温柔

沉默静思

在中秋

有那么一瞬

这个角落

风平浪静

只有深深的暖意

归于念想

在心头

2022 年 9 月 10 日晚

关于风月

淡若海
漂有所止
在天籁之间
有月有风
只有静下来
才听见歌声
来自共鸣
这就是起点也是目的
哪还有别的什么
只有风清月明
只有心动与不动

看不见
是因为波动
像流水一样
清澈见底的时候
就映出了一切
山还是山

水还是水
一切不关情色
但是
我看见了它们
还有水中的月影

疑是不在
只有丢掉一些
什么时候自由了身和心
就会发现
并不是那么低俗
流动的水和静静的月
知道这是什么
现在就是
和你想要什么
已经拥有了
自在胸臆

2022 年 9 月 11 日午

美的叙述

1

总是忍不住
被美的事物打动

如果没有美
我可能就毫无信仰

美到处被赞美
可是似乎很不容易认识

给心里一个照耀
直见生命中的爱与美

美是唯一的真实
当它到来时一切都形同虚设

美对我来说是一种光
是一种洁净的感觉和心境

我们爱美的时候
我们就是美的

只有在你生命美丽的时候
世界才是美丽的

你怎么热爱和创造美
美就会怎么塑造和回报你

一切特立独行的美
都意味着坚韧和强大

2

美一定是世界和生活的全部
虽然我们只看到局部

一切伟大的美
都有一个微不足道的开始

我见青山多幽美
料青山见我亦如是

对美的真正慷慨
是把一切都献给热爱

遥远的地方是美丽的
因为它只存在于你的心里

有一种颜色是美的
因为它就是你生命的肤色

爱你的眼神是美的
因为它就是你美的回馈

生命闪光的时刻是美的
那是因为它在为你照亮

美总是在爱意中传递
使所有的生命永远新鲜

你的美就是你自己的
从来没有谁可以替代

学会发现并欣赏
遇见更懂你的美的那个人

3

对于美和希望
我们从不愿意它离开

没有美
我的灵魂就毫无着落

如果没有美
我的爱就毫无理由和希望

没有对美的追求
这个世界终归遗憾

没有对美绝望过
便很难真正理解并热爱

你只能欣赏和享有美
但不能阻挡和伤害

如果你一直寻找美是由什么组成的
那你永远不会找到

为了美
谁都可以不顾一切

有了美
就有了爱和爱的故事

热爱美
也会被美治愈

真美啊
你留下来吧

4

认识美
懂比爱更可贵

你追求怎样的美
你就会得到怎样的

你把自己置身于美的时候
就知道是怎么回事

你是发现美的人
你也是创造或破坏的那类

世间难有完全的美
但是我一直追求这样的美

美中不足
是美的境界

完美无缺
是美的开始

排除了一切妄念再看
就看到了不一样的美

在和美融入的那一刻老去
或许就是至高无上的幸福

如果美可以永久保存
我会用上我全部的虔诚

5

我热爱生活中的美
真的就是热爱
至上至极

热爱着美
却又一直伤害
所以痛苦绝望乃至崩溃

如果热爱美
就热爱它所展示的一切
乃至于陨落

我不知道什么是真正的美
但我知道它一定是简单的
要不所有人就认识它了

不只是被占有
美的意义就在于唤醒
给人心里一个灵光

美是一个方向
不要指望走到那里去
有它的照耀就不会迷失

最美从不会独来
给你最大的希望
也给你最大的折磨

在唯美的路上
你可能寂寞孤单
但仍然永远都值得选择

美成为生活底色
日积月累
也会成为生命的本色

只要干干净净
并且安安静静
美便看得楚楚清清

所有事物到最后都会是美的
如果还不是
那是它还没有到最后

美就是你自己
有美的故事
你就是书写这故事的人

我坚信
美不仅存在
它还将胜利

2022 年 9 月 11 日晚

第五章

守望如斯

夏天闲居、走步，只有窗帘和影子做伴，抑或是等待、软禁，有些疯。故乡的山、老树、叶，以及父亲的天空、潜夫山的影子，都是我的热带雨林。

过年，酒后，短信，不抱怨的灵魂，有一些诗的无奈。送给一个"节点"，过去了，浴火重生，日子如常。

窗 帘

房子装好了
挂上了窗帘
飞舞的蝴蝶
墨绿的荷花
还有一对鸳鸯
就迫不及待地
融进了一个空间
和生活的画卷

有时候有些单调
便把它推向一边
打开窗户
让外面的蓝天、楼顶和电线杆
也有嘈杂、鸟叫和音乐进来
不觉得多余
反而有些温暖和稀奇

拉开的时候并不多

更多的时候是自己独自垂吊
一面向着阳光
一面对着阴冷
没有人用时间陪伴
哪怕是推推拉拉也好
分分合合也可

忙碌的日子时时刻刻
飞快的节奏也不容喘息
偶尔遮挡一下刺眼和纷扰
但也难免挡住了眼睛
久而久之
也乐于代替窗外的景
和一飞而过的希望

2012年6月3日午

闲　居

闲居在家的日子渐多
独坐书桌之前
不为消遣
只为找一个灵感的入口
然后拉出一条线
穿起渐去的记忆

静坐　走步　搞卫生
一只木椅　一杯绿茶
咖啡还有些不习惯
几天不出门
不见人也不说一句话
只是把不需要的清理干净

写字　赋诗　观书画
一沓毛边纸　几支小楷笔
重复一样的动作
一张一张地打格子

一滴一滴地加墨汁
寻找不一样的感觉

偶尔也站在落地窗前
向外望一望
茫茫的远山之外
地与天之间的连接线
然后找一些熟悉的影子
和相关的一些故事

看到的很小
定格在视线所能达到的一些点
只是窗户一样大
知道是因为自己目光短浅
看不清世人和他们的故事
只有烟雾在弥漫

太阳照耀大地
苍天高高在上
笼罩并注视着偌大的世界
或者无意于一个渺小的点
只是把所有纳入自己的胸怀
便有一个大世界中的小我

其实谁也没有闲着

沉默只是另一种较真
淡出也是为了追寻
思想干净着不是苟且
喧闹里寻找共鸣
不如独处中见真我

2021 年 4 月 12 日晨

疯

一遍遍自言自语
念叨同一个名字
像是呓语
有点疯

一天无数次地
重复一个动作
不计后果
有点疯

只为谁活着
去生去死
不管来世
有点疯

也不为谁活着
撕破脸面
冲出藩篱
有点疯

就为一个目标活着
风风火火
匍匐乞讨
有点疯

有点疯
只为一种执着
逃离伪装的游戏
回归一点率性

有点疯
不求有
但凭心
只为真

2021 年 5 月 11 日晚

影 子（一）

月色照临
凝视万物
在水里
看见自己的影子
被一片树叶砸中
突然碎了
最后只有渐淡的涟漪
它并不遗憾
因为在镜子里
它依然圆满

光阴荏苒
花开花落
在时光里
看见自己的影子
有时拉长
有时只有一点
被踩在脚下

现在有点担心

自己并不是那么重要

是否可有可无

2021 年 6 月 10 日晚

不抱怨的灵魂

每个人都可能受伤
流血的和不流血的
看得到和看不到伤口的
小伤和大伤
外伤和内伤
大面积的和局部的
群体的和个体的
以致难以愈合
危及生命和健康……

受伤的时候
蚂蚁会蜷缩渺小的躯体
小树会颤抖
小狗会汪汪地叫
民工会咬紧牙关
汽车会出现漆皮脱落
地球会绽露自己的筋骨
老天爷会不时地吼叫
太阳会躲起来

受伤之后
蚂蚁会被风吹走
小树会干掉几片叶子
小狗会安静和沉默几天
民工会忍痛奔波
汽车会漏风和吹进灰尘
地球承受不住的时候会打喷嚏
老天爷会发这样那样的怪脾气
太阳会瞪眼睛

受伤的事情
自从我们降生
就是成长的铁律
耕牛会被鞭子抽出印痕
骑在马背上的绅士也会被甩出血
树木会被砍倒
洪水会冲垮桥梁
战争会毁坏家园
兄弟会打得头破血流

会彼此伤害
有时自己也会弄伤自己
这使人伤感和脆弱
到底谁是罪魁祸首

原因自有归属

习惯于迁就和包容

还是留足够的时间恢复

不要让折磨反复

或留无边的伤痕

世界上没有不带伤的人

只有不抱怨的灵魂

2021 年 2 月 15 日晚

日　子

从桌前到窗前
从门前到河边
有很大很大的留白

离不开柴米油盐
有过迎来送往
不想你追我赶

关门深山
读书修炼
闭目成仙

跟着早醒的人起来
随着慢走的步子逍遥
伴随太阳成长

凑合的热闹
不如高贵地独处
有趣的灵魂万里挑一

只留一个梦在心中

萦绕徘徊

还有一个人

仅存念想

和如初的信仰

从没有彷徨

不需要太多欲望

彼此相安无事

只留想要的时光

2015 年 4 月 22 日晚

走　步

和现代社会遭遇
走步成为一种刚需
在朝阳还没有升起的时候
或是在夕阳西下的傍晚
走在寂静的河边或林荫小道
在有路或没路的地方
只要求时间和步数

不需要也用不着看不清面孔
相互认识的也不说话
只是点头示意或手势问候
用一种静静的默契
向新的一天致敬
静静的如同晨曦
轻轻的像带起的风

走起来的时候讲究节奏
不快也不慢

可以用耳机听听音乐
也可以随心所欲做一些小动作
保持自然的状态
以免惊扰黎明的梦
和最后一丝神秘

当太阳升起的时候
一切变得明媚起来
人不多也不少
全都面向太阳
伸出修长的双手
留下拥抱光亮的沉醉
和一脸的期待

天边有一丝晨雾萦绕
远处国歌的音乐也已响起
鸟儿也醒了喳喳地叫
露珠滴落在面颊
贴上瓷砖的路有点滑
但不会影响前行步
和脚步的轻盈

路长着呢
不怕一下子就到头
一直朝着阳光走

峰回路转处
每一个走步的日子
充满明媚和爱意
就当这才是刚刚起步

2021 年 6 月 10 日午

夏　天

一晃又是夏天
从春天到这里的路程
是如此的短暂
绿叶日渐繁茂
阳光更加热烈
少女彩裙翩翩起舞
劳作者挥汗如雨
休憩者气定神闲

冷暖是大自然的秉性
接受或改变是人的顺应
花儿盛开已是过去的事了
果实成长的烦恼却如期而至
说再见的人走了
要再见的人等着
万物葱茏奋发
人在旅途林荫下

2021 年 6 月 13 日午

软　禁

爱人说
我想把你软禁起来
圈进我的领地
一个不为人知的空间
为我所有
不许外边的闲人走进来
也不让染到一丝灰尘

我想见你的时候
就用一把钥匙
打开一扇窗或一扇门
足够大的天地中
只有一个你和影子
而别无顾忌

我想走的时候
为你准备一个兜
就能带上你

感受一种气息和温度
装在心里
相伴相随同行

我想飞的时候
为你插上翅膀
就能伴着你
沐浴阳光
倾听风声
比翼齐飞一生

不能一起飞的时候
只好存放在心里
不为约束
只为须臾不分离
只为收藏你的心
驾驭你的魂

2021 年 4 月 10 日午

老　树

在故乡洪河的边上
有一棵老柳树
我感觉它真的是老了
身体已经完全变形弯曲
还有一些歪斜
皱纹从脚跟一直爬到头顶
只有头顶散落着些许嫩枝
偌大的腹腔也成了空洞
脆弱是显而易见的
我一直担心它会跌倒
会让这片土地荒凉

爸爸带着怕跌倒的我的时候
就有一棵老柳树
我以为它只是竖立的木头
很害怕它粗糙和丑陋
爸爸说不怕　去玩吧
我就扳着它的筋脉

踩着它的皱纹
钻进它豁开的胸膛
扳顺着它的嘴巴
捋去为数不多的嫩须
不怕它
以为它已经枯死了

在故乡洪河的南岸边
还有一棵老柳树
当我和伙伴们已经懂事的时候
它佝偻地站着
我们怀疑它是否还活着
就踩着它的皱纹
用镰刀割下它稀疏的髭须
把泥巴塞进它的头颅
戏弄它
看着它在微风中挣扎

在故乡洪河的南岸边
还是有一棵老柳树
我带着怕跌倒的儿子看它
儿子畏惧地指着它说　害怕
我知道　它还活着
说它只是老了　不要怕
身子蜷缩得更厉害

一条条筋脉突兀地暴起
敞开的胸膛裸露五脏六腑
我们就远远地凝视
同情它
感觉它活不了多久

在故乡洪河的南岸边
还是有一棵老柳树
和我一样高的儿子和我看它
我们都没有说话
由远及近地端详它　熟悉它
和儿子一起抚摸它粗糙的躯体
拍去依稀可见的虫子
浇一些水在泥土之上
感受浑身的清爽和湿润
祈祷它
知道它依然会活着

在故乡洪河的南岸边
仍是有一棵老柳树
孙子搀扶着可能跌倒的我去看它
我甩开了搀扶的手说　不怕
我终于懂它为什么还那么坚韧
能够站着　活着多好
虽然也曾因严寒凋敝而似成枯木僵枝

那是它凝神谛听天籁与尘音
为破译出白昼与黑夜的奥秘
它用深植于泥土的根
呈现出因阳光而生的绿荫
我含着浑浊的泪水拥抱它
热爱它有一颗不老的心

2017 年 11 月 26 日晚

一片蓝

睁开眼
透过一扇窗
我就看到一片蓝
漫过遥远
浸透思念
近在眼前
让我无法抗拒
一种忘我入怀

畅开怀
面对一片蓝
彼此凝视的时候
是我拥抱你
还是你拥抱我
坠入情海
成就一个蓝色的梦
幽远无边

一片蓝

不顾尘世的婆娑

穿透所有包裹

头顶有多高

脚下有多宽

倾泻无穷的通透

洞穿心扉

营造美满

风雨飘过的时候

透过斑驳的树叶

太阳是如此的鲜亮

我就看到一片蓝

幽深无边的眷恋

毫无遮掩

包容一切

让我坠入纯洁

2021 年 7 月 22 日晚

我的热带雨林

我是一个生长在大西北的汉子
我的热带雨林
是一个温润的梦乡
绿色在漫山的黄土坡上发芽
甘泉在干涸的沟渠流淌
湿润在峁梁嵝岘弥漫
漫步在溪流绿荫下
清新在空气中释放
我把自己装扮成诗人
在其中徜徉

我是一个来自北方的旅客
我的热带雨林
是一个南国绿色的天堂
翠色是四季的衣裳
潮湿的海风滋润脸庞
绵柔海滩碧波荡漾
年轻的导游讲述苍老的故事

文身的阿婆演绎传奇的悲壮
我把自己扮演成阿哥
在其中游荡

我是一个奔波天南海北的游子
我的热带雨林
是一个温润的家园
小木屋架在翠绿的半山
索木桥横跨在沟坎上
浴池在悬崖上倒挂
橡胶树和槟榔树穿透屋梁
杧果和海螺躺在脚下
我把自己变成一只候鸟
在其中歌唱

我是一个追求浪漫的恋人
我的热带雨林
是对一场蜜月的向往
用非诚勿扰表达真诚
橡胶树是我槟榔树是她
传说的小阁楼有个姑娘
歌声每晚都去唱响
期望她能拉我进屋
收留我潮湿的心
共叙衷肠

我是一个现代主义的设计师
我的热带雨林
是一处制造蓝色的工坊
环岛是一张图纸
波浪是一支妙笔
用蔚蓝做底色
把柔软划成曲线
描绘繁复的植物和动物
也有一阵台风突兀刮过
留下阵阵回望

我是一个狂热的地产开发商
我的热带雨林
是对资源占有的欲望
用机器把山石撕裂成碎片
把一片片绿地挖掘
把一弯弯海水埋葬
竖起一尊尊舶来的雕像
用一张张合约把天然变成人工
虚构一个财富的罗网
寄托一点张狂

我是一个有责任感和野心的男人
我的热带雨林

是一个宏伟的计划
用一生的拼搏和付出
在绿色中拥有属于爱人的小窝
享受这里的海鲜美味
品尝四季果香
做一个自己选择季节的候鸟
哪怕只是短暂的停留
也不枉一辈的奔忙

我是一个富于想象的理性者
我的热带雨林
是热烈和丰盛的想象
褪不去的激情
构造诗意温情的气氛
把想象变成现实
让现实浪漫高贵
让南北的四季变样
让干燥寒冷一去不返
使世界纯洁安详

2017 年 12 月 19 日晚

诗的无奈

有人说
诗不需要创造
创造会使诗除了丑陋
还会狂躁
丑陋使脸发红
唯恐有不雅的动作
狂躁让人心跳
害怕说出不该说的话
还有一些呓语
使美好变得灰暗、游离和飘摇

有人说
诗是一种感觉
那么有感觉就有诗
依感觉写出来就会成为诗
80后的摇动的感觉
90后的奔跑的感觉
00后的虚幻的感觉

这是年度排行榜吗

感觉就是这么时尚吗

不去思索的诗啊

有人说

诗是一种白描

把什么说成什么就是诗

按白描就可以有诗

大地就是一块土

是堆放的沙子挡住了去路

还有深夜无眠让人痛苦……

诗就是一张白纸

我就这么平庸吗

没有格局的诗啊

有人说

诗是一种组合

那么嫁接就会有诗

在继承传统与借鉴西方中觅求

在自由与法度中摇摆

在个人性和公共性中迷茫

在大众化与小众化中游离

却无人文境界和精神格局的重建

我就这么无聊吗

没有气象的诗啊

为什么

诗会这样无奈

是世界的焦躁

抑或是心灵的空落

书斋的缺氧

还是距离的隔膜

诗需要什么

世界需要什么

心灵需要什么

无奈的诗啊

要使自己成熟起来

得问问柴米油盐是什么

去看看工农兵学商在干什么

然后深入下去

一切都将豁然开朗

诗需要浪漫和远方

也更需要现实

和人间烟火

2017 年 12 月 27 日晚

过 年

一群人游走了
一群人开车回乡村里了
每个人都为着一个根系
到达一个理想之地
让时间停下脚步
交给一个仪式
等待一次归整

这是一种味道
奔波是为了回来
花海鞭炮只为打破平静
吃吃喝喝是一种交流
迎来送往不会厌倦
静思谋划都在心里
承前启后昼夜不息

这是一次终结
回首和前往在此驻足

过一个少一个
进一截快一段
褪去虚名与成就
再也没有退路
日子还剩下什么

春天已经挂上门楣
每一个生命都在快乐
包袱的沉重
只交给过往
心都没有老的资格
必须大胆地拥抱
收获下一个幸福与快乐

2020年2月16日午

父亲的天空

昨天
父亲走了
留下了一片空灵
我站在父亲的坟前
透过一堆黄色的土地
和一块灰色的石头
触摸到了一个完整的
父亲的天空

父亲的天空
就是把心放平
如同一泓静默的春水
很纯很深
一望无际
浩瀚包容
宇宙中最宽阔的一部分
映射到我们全部的人生

父亲的天空
很暖很柔
如同一朵自在的云
风和日丽
灿烂景明
把心放轻
人生中最淡雅的基调
永远和煦如春

父亲的天空
很亲很近
俯视所关爱的一切
无俗尘无烦忧
有的是中正和善仁
健康而温润
清新而高贵
安静而丰盈

父亲的天空
也会有云有风
那是为了遮挡太阳的灼热
酿造一份清凉
也是为了拂去蒙面的埃尘
父亲的天空也会有雨
那是为了冲刷自己的悲苦
但更会是润泽成长的甘霖

父亲的天空

是一个多彩的星系

有星星也有月亮

是星星都得闪光

有月亮不论圆缺

四季分明

包含认可

也包含遵从

父亲的天空

是举起的一面旗帜

为了自己坚定

也是为了让我们前行

春耕秋收

冷暖自知

顺应了自然

也圆满了本心

父亲的天空

高高在上

幽远幽远的

却离我们很近很近

需要的时候

你就在他的怀里

更多的是轻轻地抚摸
和谆谆地叮咛

父亲的天空
无须仰望
只有赐载
无守望的距离
只要有虔诚孝敬
就是你无限光热的源泉
就是你皈依天堂的明灯
和赤子不改的忠诚

父亲的天空
好大好空
如阳光般的凝视
只要你想拥有
自会活在心中
原来这一直都在
就是不会老去
高高举在头顶

2021 年 2 月 14 日午

短　信

蓦然泛起些许无端的惦念
我在人流中左顾右盼
原来几乎所有人都是一个视线
紧盯手机
若有所思
似有所盼

大西北的寒冷与南国的温热相会
山区的媳妇与都市的丈夫私语
意象与具象的无限交织
方寸之地
无限玄机
包藏秘密

我们之间是那么遥远
但是指尖却挥动相似的旋律
他们之间好长时间没有联系了
片言只语
消除了嫌疑
道尽了心意

我们之间常常见面寒暄
似乎意犹未尽相见恨晚
但发自内心的话语
难以启齿的隔阂
包藏野心的期冀
还得借助手指的发挥

人世间总是有诸多无端的悬疑
事物中总是显因果有验的关联
感情里总是藏繁复难言的纠葛
事业上总是生曲折煎熬的玄机
什么是个开始
何时有个收束

一切都不复杂
万般未有定数
启动你的思维
挥动你的手指
发出一个信息
既是一个完美的结局
也是一个浪漫的起始

2014 年 1 月 10 日午

叶

蓦然　张开的
是拥抱春天的胸怀
却是那样
无法限量的宽阔
悄然无声息
似春雨滋润万物的情结
抚慰每一个成长着的生命
时　日　月
白天　黑夜
阴天　晴天
傲经风霜的强
穿过炎炎烈日的刺痛
毫无保留的遮挡
需要避免的风雨
直至温暖到脚跟
一生一落
一落一生

每个光阴流转的季节
都有嫩芽悬于枝头

2015 年 11 月 11 日晚

浴火重生

——送给英年早逝的友人

一圈一圈
沉重的脚步在徘徊
一声一声
内心的纠结在抖颤
一点一点
升腾的气流在奔湍
一动一动
悠远的钟声在召唤

沉默的人
需要安静
需要思考
需要梳理
挣扎的时候
他需要发泄
需要表达
需要爆发

不在沉默中爆发
便在沉默中僵化
不在挣扎中解脱
便在挣扎中溃伤
这是一种必然的选择吗
抑或是一个故事的结局
但更适合
一个预言的开始

或在潜规则中顺从
或为生计挣扎
或在家务中缠绕
或在应酬中奔波
或在挤兑中郁闷苟活
每种都是生活
忍耐是一种常态
守诚为天然的品质

他一直都很努力
让自己只成为一株小草
只存在于一个角落
也一直很平和
忍受所有的风吹雨打
克服天生的脆弱
争取生长的空间
奉献应有的绿色

似乎有太多的不公
重视他的人
只重视他的奉献
关心他的人
只关心自己的需要
憎恨他的人
在用针刺扎他的苦难
还要流出血来

虽然你有病
但没有病的我就很健康吗
虽然你理解了
但能抚平我内心的郁结吗
关心他的灵魂
不要只关心躯体
关心理想和事业
不要只关心生存

凡人需要发泄
英雄也需要慰藉
一次冲锋
只能打掉一个碉堡
一次愤怒
只能让一个郁结平缓

一次伤痛
即使最无奈的肉酮也会被摧毁

一个意念获得的一个瞬间
一根绳索便可以了断呼吸
一个壮举让热血喷洒
一次冲撞让脸面荡然无存
一次决绝让心灵死去
一声呐喊让灵魂出窍
是一个铁人也会倒下
如同春草在野火中寂灭

在心性渐衰的迷茫中
爱和梦受到遗弃
是快乐杀死了安全
安全杀死了欲望
欲望杀死了平静
平静杀死了幸运
灵魂走过
只留白色足印

生命极其短暂
肉身也十分脆弱
不必要过分地留恋
从出生到死亡

不过是一眨眼的时光
而我们歌唱坚强和精神
在苦难里来临的跌宕
都和热爱永存

这是一种苦难的转换
又是一个简单的轮回
也是一种慰藉的圆满
但却是一个彻底的重生
需要的是心灵的安静
延续的是不灭的灵魂
生活原本不需要宽恕
自信自强才显本真

2015 年 10 月 21 日晚

送给一个"节点"

——甲午马年除夕随想

一段时间过去了
是因为一段时间要来
过去的必定不肯离去
过来的却一定要呈现
过去的一定要过去
一些成为永久的秘密
一些留作美好的回忆
一些成为辉煌的历史
一些成为未来不可缺少的延续

一个起点开始了
一个终点结束了
起点和终点本是一体
一头是彼一端是此
无须分开就是一个整体
有一个节点
断定的是那么决绝
分开的是那样断然
让一切从头开始

于是有了太多的仪式
做过的必定总结
欠缺的必定筹谋
期望的必须定论
远方的必定回归
惦记的必定问候
有恩的必定答谢
忙碌的必定休憩
这是一个不寻常的节点

兴奋的来一点刺激
遐想的有一些放飞
收获的来一点挥霍
追索的怀一点寄予
红色张扬着热烈
美酒孕育着超脱
歌舞演绎着和顺
笔墨挥动的是祝福
这是一个欢乐祥和的节点

想说的很多很多
说出来的很多很多
说出来的是祝愿
说不出或不愿说的祈福

时间和空间交织
个体和团队纠集
过去、现在和将来混同
有序和混乱迷离
这是一个表达的节点

这是一个矛盾的节点
破与立同时存在
新与旧互相依偎
集聚与分离不断
满足与失意交织
希望与悔恨归一

这是一个单一的节点
所有的话语都是一个基调
所有的行动都是一个目标
所有的心愿都是一个主题
所有的所有
都指向美好的未来

一个节点
也许只是一个约定
但约定却常常导致改变
改变意味前行和新奇
但却常常伴随背叛和蜕变
可谁又说这不会没有奇迹

之所以有这样的约定
是因为不想这样漫无边际
之所以有这样一个停顿
是因为不想在不愉快中逗留
之所以这样急切
是因为总想有一个美好的期冀

让过去的走得决然
让快乐和痛苦分开两边
让要消散的走得果敢
只存智慧的简单
让珍贵的留得深沉
成为新给力新积淀的源泉

马行千里
还得始于足下
一个起步就是一个新的起点
宇宙万物
都在追逐梦想
一次驻足就是一个新的开端

万马奔腾
我愿做一匹黑马
寻找属于自己的伯乐和骑手

我的奔跑与路无关

天马行空

只为成就一个新的节点

农历癸巳 2013 年 12 月 30 日除夕子夜

等　待

茫茫人海
蓦然转身
只见一个你
莫不是在此等候

悠悠岁月
负重前行
一转身你还在
是不是还有不舍

只为等待
只为守候
只为一个信仰
是不是从未走开

甘愿孤寂
只怕错过
只为一个缘
不虚此行

因为志同道合
才有天作之合
只求百年好合
不枉此生

等待
在路上
在心上
在命运之上

2021 年 2 月 15 日晚

过去了

我们希望
一切都过去

一切都过去了
但时间却留下了印记

童年过去了
留下了疤痕

爱情过去了
留下了婚姻

战争过去了
留下了政治

诗过去了
留下的是温馨

一个谎言过去了
留下的是事实

一个生命过去了
留下的是名字

一个精神的创造过去了
留下的是真理

一个巨变的时代过去了
留下的是意义

我们过去了
留下的是历史

一段历史过去了
留下的有谁

2021 年 7 月 22 日晚

故乡的山

又想到写山
故乡温柔不断地
铺展到视线所能触碰的
极限的曲线
这是我注视了很久很久的
预想不断扑入的怀念

每当夕阳西下的时候
洒满灿烂一片的崖边
这就是一个家
有很多的窑洞
还带着轻微的呼吸
起伏着哨音的回声

月光拥抱着树梢
演奏起音符
让炊烟带入梦幻
安详而沉静的身躯

深厚的美丽
令人近乎疼痛地心动着

虽然夜色斑斓
但还是可以触摸
种种矗立的容颜和气度
依偎着把梦做完
此生难以割舍一种味道
只因有你厚实的脊梁和胸怀

2021 年 8 月 7 日晚

潜夫山

爱着
这高原
天工神造的沟壑
化境中的云层
最高大的山顶上
一个洞穿历史的神凝
为了一个人

爱着
这个人
黄土高坡的风
翠绿的汉柏
耿介不俗的秉性
一个最纯真的表白
成就了一种精神

爱着
这种精神

历史的地平线上
一千九百年的性灵
最深刻的《潜夫论》的尖锐
一种穿透时光的睿智
是知者的执着的回声

爱着
这种回声
思悟的闪光点上
真理之声的高歌
随着敲响的暮鼓晨钟
成为一种警示
灿烂了一个种姓

2022 年 3 月 16 日晚

影 子（二）

面向太阳
谁都会
看不到自己的影像
只能看着太阳的光辉
想象自己的模样

面对光芒
谁都会
看不到黑暗的影子
只能从照射的角度
感受光影的透亮

把影子放在身后或丢下
总有一种纠结
甚至于后怕
不断地回头张望
以致恐慌

突然跌倒或坐下
扑入影子的怀抱
撞进影子的心房
只剩下一个人
得到一种回归的安详

试着背靠太阳和光亮
无论向前还是倒退
如影随形
或随影而追
突然觉得光明可贵

面对影子的时候
背后便一片光亮和温煦
就不再担心
也看清了自己的高大或渺小
乃至可有可无

2022 年 3 月 19 日晚

第六章
风格如常

秋天来了，成熟有一种颜色，像芦苇一样。总是在傍晚、深夜，纠结、失眠、泪，在街上行走，感觉有点冷。

诗人、哲学家，关于变革，以及关于书法和线装书，期冀有个梦，光阴中有一种真实的距离。

我的灵魂，何处安放？一个人的承载。我选择真正的美色，只爱一个！

秋天来了

——秋天来了
有一种丰满和魁伟
也有些萧条
但还有成熟和收获
不只是黄花地
还有红叶天
不只是繁花的凋落
还有果实的沉淀
不只是渐凉的心境
还有回归的温暖
秋天的到来
让鲜嫩感到了卑微

——秋天来了
有一种冷酷和危机
春夜是小夜曲
秋夜是安魂调
春夜听鸟鸣

秋夜听风泣
春夜怀人
秋夜悲己
春夜是色
秋夜是空
秋天的到来
让时光表达了无畏

——秋天来了
谁都知道应该觉悟
春秋有别
需要深深地忏悔
在现代人的世界里
难道就是一个词语
自弃于自然和季节
甚至没有了天和地
这不是秋天的悲哀
是人欲的迷失
这不是天地的过错
只是生命的清剿重启

——秋天来了
有夏的装扮
也有冬的眉眼
曾经眼花缭乱的美丽

袒胸露乳的放肆

都随一阵风

写成了一首首史诗

印证了冰天雪地的冷酷

所有飘逝的

都属于昨天

所有留下来的

属于下一个春天

2020 年 10 月 6 日晨

真正的美色

在自然
真正醉人的美色
潜藏在大地
散露着温润

在人类
真正迷人的美色
流显着高贵
蕴涵在灵魂

在历史
真正动人的美色
散发着智慧
流传着精神

在今天
真正感人的美色
充盈着激情
秉持着初心

在未来

真正逼人的美色

涌动着青春

坚守着永恒

2021 年 7 月 9 日午

我选择

面对现实的时候
我选择体面

有了体面的时候
我选择思想

有了思想的时候
我选择丰富

有了丰富的时候
我选择深刻

有了深刻的时候
我选择灵魂

有了灵魂的时候
我选择慎独

有了慎独的时候
我选择精神

有了精神的时候
我选择能力

有了能力的时候
我选择智慧

有了智慧的时候
我选择行动

有了行动的时候
我选择创造

有了创造的时候
我选择胜利

有了胜利的时候
我选择奉献

有了奉献的时候
我选择尊严

有了尊严的时候
我选择高贵

有了高贵的时候
我选择自由

有了自由的时候
我不选择欲望

当欲望是必需的时候
我别无选择

别无选择的时候
就让信仰选择

信仰不能选择的时候
就让时间选择

2021 年 7 月 9 日晨

期冀有个梦

悠悠地飘来
好像遥远的故事
如同久违的情语
打破已有的平衡
唤醒静默的灵魂
像一道闪电划过
不能自已脉搏的律动

因仰望已久
陌生得如同见过
会有牵挂的脉动
只为同一个梦境
受过刺激的灵魂
只为同一种觉醒
遥远得还需苦苦追寻

有空也有真
用眼睛感受眼睛

用心灵抚慰心灵
借热爱碰撞热爱
做该做的事情
只留本能的冲动
想要一个美妙的意境

未见梦中人
偶尔也做另一种
必须醒来的时候
不能是一无所有
一切还需要打拼
留不住的是虚构
过去是背影和一阵风

期冀有个梦
穿起过去和现在
标注未来的追寻
让情人变成爱人
让激情化为行动
让昨天形成文字
明天才有真正的相拥

2017 年 12 月 26 日午

一个人的承载

一个人需要承载什么
满足生存的需要
阳光、空气、水、食物
肉体的、精神的、灵魂的
保持丰满的状态
健康、快乐、超脱
走好自己的路
浪漫、温馨和惬意
让别人羡慕吧

一个人需要有些承载
脚下的土地
虽然不大
头顶的蓝天
也足够宽阔
但毕竟有一束阳光照耀着
因为有你
有足够的勇敢
一切便明媚灿烂

一个人需要承载得很多
立住脚下的地
顶住头上的天
耕耘生存的土
充盈周围的空间
关切有关的人的存在
孕育律动的时光
创造属于自己的
也属于众生的命运

一个人是该有些承载
感动天地的时候
必会以注目换注目
记着自己的时候
爱与梦便无容身之处
仔细感受众生心跳的时候
必会以爱心换爱心
就知道了存在的意义
和该有的创造

一个人的承载是有限的
只是一个人的意志
一个人的承载是可能的
就是一个人的信仰

一个人的承载是无限的
就在天地之间身心之外
一个人的承载是必需的
就是面对注视的眼睛
弯下身子弓起后背

2021 年 7 月 8 日晨

诗　人

有一种虔诚
就是希望自己
透明通达
好让光能够清澈地通过
唯一能做的事
就是自我拯救
即使借助自然的光

如果要把自己的名字
印在一个精致的簿册上
流传千古
找到知音
获得与时光同等的地位
那他就死了
就只剩下浑浊

要想成为光明本身
那是不可求的

灵魂需要沉淀
能带着行走最好
为的是长时间驻留
自己要做的
就是让自己干净

只要是留下
非我的意义
也是一个象征
为了通透美好
意欲占有的时候
就背离了
一个自我发光的生命

只要这诗活着
诗人就不会死
只要诗人还很明白
这诗就不在远方
而在世界的眼睛里
在众生的热爱里
在自己的心中

2021 年 4 月 4 日晚

哲学家

有一种使命
就是挑战所有的不可能
明知故问以致怀疑自己
我究竟是谁
是否不仅仅是个肉体
活着和死去真的无法回避吗
上帝存不存在真的有关系吗
时间是什么
何谓自由
结果能否证明手段正当
于是他们被指责为神经质或为疯子

温情的远方和浪漫的诗
那种独一无二的感动
不是说了什么
而是它是什么
似乎要洞穿空气、物体、历史
然后独自发呆

一些问题看上去显而易见
以致简单到无法回答
有些人度过一生却从未花一分钟想过
"真理是相对的"
他们是和爆炸的、危险的材料打交道

你和我都在这世界上出现
只是为了修补一些已经破损的东西
花费自己的时间乃至生命
审视真理、美、知识、正义
抽象的、理论性的
以及其他你将读到的东西
究竟该对谁负责
冲突常常为观念而生发
战争常常为价值观而打响
很少会诉诸武力保护自己
但最终还是被视为异端

给出一个证明
使用苏格拉底的方法
思想实验
归谬法和谬误
转换举证责任
窃取论题
进行人身攻击

假两难推理
诉诸感情
分散注意力
一切开始于惊讶和好奇

确立因果关系不是很难
客观、理性及开放的心灵
面对诸多问题时受益无穷
"这可是一个细活
从每一个未经充分考虑的信条中
提炼出心照不宣的预设
和沉埋已久的意蕴
但又不可沦为尖酸刻薄、吹毛求疵"
在决定成败的细节中洞察出关键细节
这绝不是无关紧要的事
让彼此对立的观点各就其位

"灵魂是不朽的……"
"爱在可朽和不朽之间……"
"我断言善就是美……"
"人不能两次踏入同一条河流……"
"道即是路,即是走路的人"
天才的洞见只有经历世纪的摔打
不至于流于肤浅和教条
人类的思想往前推进一步

也让世界知道了自己的本来面目
一切源于探索灵魂的秘密
并塑造一个不朽的灵魂

2020 年 11 月 11 日晚

冷

和爱人一起时
爱人说我冷
和领导在一起时
他们说我清高
和下属一起时
他们说我酷
和发小在一起时他们大笑
说我不懂

是的
冷是难以接受的
如果再遇上冷
和不懂
冷就是隔阂和坚冰
是淡漠和无情
抑或是绝望的
不能再冷

煤炭是黑色的冷

矿石是坚硬的冷

玻璃是冷的透明

铁塔是冷的威武和坚毅

钢枪是森严的冷

冰雪是洁白的冷

墓碑是冷的静默

纪律是冷的无情

生命垂危的老人的手脚是冷的

裸露在外的脸颊是冷的

睡在地板上的躯体是冷的

站在岗哨的战士是冷的

游走在洪水中的勇士是冷的

长眠在地下的英灵是冷的

没有拒绝

也不会说不能

但春天不会嘲笑冬天

湖海不会拒绝冰山

海燕不会惧怕暴风骤雨

熔炉不会厌烦矿石

大厦不会离开砖头和钢筋

道路不会丢掉瓦砾和石板

母亲不会嫌弃茅屋和阵痛
正义不会畏惧嘲笑和侮辱

芳草会迎着雨水
梅菊花会等待霜雪
混沌需要一场雨淋
郁闷需要一场飓风
酷暑需要一次降温
四季盼望冬天
回归冷冽的时光
这是一个圆满的终结

煤块遇上火温
墓碑遇上花篮
花朵遇上阳春
小草遇上甘霖
黑暗遇上光明
玫瑰遇上爱情
遇上热爱就会温馨
一切冷都不足惧恐

冷是什么
不过是在沉默
在积累
在等待一个唤醒

需要觉醒的时候

自己就活了

当希望和力量点燃的时候

那就是热的另一头

2021 年 6 月 2 日晚

线装书

有一种历史
是用棉线连缀起来的
有一种文化
无法用拼音文字描述
有一种传承
闪耀先哲圣人的光辉
有一种智慧
只有在汉字的方正中体味

一方尺幅有余的天地中
沉淀了数千年的褶皱
翻阅它
就如同步入道义的殿堂
瞻仰静穆的容颜
感受先祖的灵光
正大的神髓蕴含正统
徐徐厚劲冲撞心灵

一个国色天香的身躯中
孕育了数万种的情愫

揣摩它
就如同捧起爱人的脸庞
舒拢乌亮的发髻
摩挲柔软的肌肤
温润的眼光透出韵味
阵阵芬芳陶醉灵魂

五颜六色不能形容你的多彩
汗牛充栋不能承托你的富有
红木檀香
才能容纳你的高贵啊
学富五车
才能顿悟你的静谧
地久天长
才能获得你的芳心

一根线牵引的心动
一行字描述的恢宏
一种沉香弥漫的时空
一方纸承载的灵符啊
中国人自己的书
其实就是庄重的仪式
也是祖祖辈辈传承的文脉
和灵魂的因子

2017 年 12 月 26 日晚

我的灵魂　安放何处

心怀恐慌
浮游前行
怎能找到
灵魂的皈依

总有彷徨和迷茫
为了一个执念
也许是可有可无
或者只是谎言

一直很卑微
乃至平凡
为了一次出彩
无法确认的是伪装

一直要沉默
以至于坚守
为了一次次无奈
甚至绝望

深爱一个人
耕耘荒芜
能否安放我的灵魂
在一颗心上

缱绻一个家
沉浸柴米油盐
能否慰藉我的灵魂
只留一处港湾

痴迷一个事业
能否供养我的灵魂
炫耀一方舞台

追索一个梦想
不怕流浪
能否寄托我的灵魂
把心放在诗里

深挖一座坟茔
扎根泥土
能否收留我的灵魂
埋藏等待发芽

如果不是一种可能

僵硬或者死亡
灵魂怎会走开
抛弃血肉的热爱

灵魂啊
无处不在
抱有期望地等待
我要把你安放何处

一切源于
对肉体的痴迷
生存的绵延
不再只是一个长度

现实始终有着冲撞
物质的欲望
也许可以做短暂的歇息
精神需要深度和密度

把梦想收进背包和旅行箱
来一次诀别
与诗一起
走向远方

2017 年 5 月 5 日晚

成　熟

缓缓沉稳地驻足
一个阶梯
又一个十字路口
才发现
从一条路
到另一条路
去而又来
花开花落

静静无言地审视
一朵乌云
又一个晴天霹雳
才发现
从一座桥
到另一座桥
上了又下
云卷云舒

人到中年
正望着时光逝去
在灿烂的半山腰
你的汗水
浸透脊背
一个人
学会和自己拼斗
就不会跌倒

2017 年 12 月 27 日晚

纠　结

终于明白了
在这处女地被开垦的秋日
终于明白
什么叫作
难以释怀的纠结

永远以平静而凄美的姿态
静卧在谁也没有注意的
脚下的
是那不能忽略
也不能抗拒的诱惑

挖去几棵孤零零的松树
除去岁月沉积的杂乱
铺就大理石般的光洁
只留单纯和平坦
乃至通向未来的遐想

吸引力无数眼光
和企图占有的欲望
未曾开垦时的荒芜
呈现一种原始
和平静的自然

而无论哪一种选择
都使我纠结
而且流泪
终于在被占有的秋日
陷入深深的后悔

2021 年 11 月 28 日晚

芦　苇

与世无争的一族
一株株昂着头颅
悠然的芦苇
静静地站立在河谷
那留给百年不遇的
洪水漫过的地方

没有人注意它生存的危险
它的生命力
站立不倒
或是坐卧也笔直着身子的模样
饱满也有些沧桑的花
从不随东风或西风飘散

无所谓几十年或一百年的预测
扎根险滩
战胜砾石流沙
静观春夏秋冬和潮起潮落

把自己交给成长和绿色
也给流浪者以憬悟

站在河堤上
无法隐瞒视线
只有心有所属的思想者
在孤独的脚步中
时时深情地关注着它的存在
和心底的声音

2022 年 3 月 20 日晚

有一种颜色

有一种颜色
不只属于大海
还有天空

有一种颜色
不只是颜色
而是一种意境

有一种执念
不只在远方
而在心中

飞跃天空的时候
在云端　置身其中
和无处不在的包容

捧起海水的时候
在清澈之中　触手可及
和无边的彼岸

天　幽远幽远的
只是一个入口
一切就在里面

海　深邃深邃的
就是一面镜子
一切需要映射

纯净的透明的
和安静的
去看这种颜色

用一颗蓝色的心
就会拥有和享受
才能看透看深

2022 年 3 月 18 日晚

失　眠

破敝的心境
遇上一个破敝的日子
竟会失眠
失眠的时候就很无奈
日子久了就有些悲哀
叹息吧
好好的日子
怎么会在夜晚荒诞不堪

有什么这么紧急
需要在深夜叩问
或窃窃私聊
虚拟的妄加
最终还是对死亡的羞见
有意的挑战
在纠结什么
是谁在惊动安然

自然的
让过度的思虑不惊动肉身
人为的
让悲哀伤心只沾湿枕头
现实的
让沉重的负担不让别人看见
无心的
或是对早衰的悲哀

莫非挫折在考验意志
心灵在折磨躯体
良知在解救作为
灵魂在窥视道德
鄙俗在挑战高贵
现实在推敲未来
白天在拷问夜晚
抑或是要把夜晚当白天

不安静的心
难以延续坦然的身
自私的欲
不会成就超俗的念
若是痴迷旧伤
只会触动深夜的静默
那是对白天的幽怨

也许会有幽怨之后的自责
自责的时候会有清醒
清醒的时候会见曙光
思想的时候便生出火花
夜半的双眼明亮一闪一闪
谁说失眠是可怜和悲哀
在些许躁动之间
生出一个宁静的空间

只有欲望纠缠欲望
会有思想迷恋思想
才有智慧启迪智慧
无限的思维灵光
大多诞生于浩瀚的夜帘
明天一定是美好的
也许会有一些肉体的疲惫
却无法拒绝又一个阳光灿烂

2014 年 1 月 10 日子夜

总是在夜晚

能够使我无法抗拒的
是有些大而无当的事
总是发生在夜晚
无法抗拒的诱惑
让人倦怠
也让人依恋

光亮只献给需要的人
和他们的事业
还有茶和烟、咖啡
睡眠也许只是一种奢侈
也只是和健康衔接
还有做不完的梦

夜晚是海洋
从不拒绝波浪
未名的诗句
有多一半在这个时候生出

它需要朦胧的汹涌
让意境得到冲击和沉淀

夜晚是沙漠
总是渴望绿洲和微风
渗出和发芽
以及迁移和埋葬
总是在这样的时候
自生自灭而无须观瞻

夜晚是闪电
肉体需要抚慰和休憩
灵魂得到静养和淬炼
大胆放出自己的光
总是在这样的时候
彼此照亮明天的路

夜晚是果实的另一种
思想在这时孕育
成为成功的另一半
夜晚是光明的另一半
这一头是
那一头也是

夜晚是明天的准备

未来的开始
花儿在这时含苞待放
包容一切新生的
和即将逝去的
爱在此奉献和谐

从来不会孤独和寂寞
总是有许多眼睛在睁着
盯着已逝的光明
和天亮以后的期待
流星只是一瞬间的事情
这时候的心是高贵而安静

不只有漆黑和盲目
月亮和星星自会发光
陪伴到黎明
即使陨落在寥廓的天空
那是在积蓄崛起的力量
以完成生命的另一个重托

2022 年 3 月 15 日

深夜　在街上行走

身心分离的时候　喜欢
深夜在街上行走
吸一支烟
舒一口气
放松操劳的神经
丢掉无谓的干扰
感受空无的轻怡

知行难一的时候　喜欢
在深夜的街上行走
转一个圈
瞅几个人
凝视霓虹灯的闪烁
扑捉夜幕下的篝火
静观夜生活的迷离

悲喜交加的时候　喜欢
在深夜的街上行走

看移动的影子
听舒缓的调子
窥视毫无装扮的举动
搜索无拘无束的掩饰
收获自由自在的放肆

无所事事的时候　喜欢
在深夜的街上行走
伸一伸手臂
动一动筋骨
享受包容的慰藉
感觉安静的祥和
追索宽厚的真趣

必要的时候　会在
深夜的街上行走
看一看深邃的夜空
理一理前行的思绪
测试你和他的厚薄
探寻黑和白的界限
确定有和无的距离

2014 年 1 月 14 日晚

关于变革

有一种性格
就是不甘沉默
有一种风范
就是勇立潮头
有一种精神
就是不息探求

谁也无法停止笔尖的思绪
像无法停止的春天的雨
没有谁会排斥鲜活
只有自己想留污纳垢
没有谁会放弃奋斗
只是甘愿卑微和落后

虽然也可以选择向后
那也是为了更好地向前
有些人选择右盼左顾
那也是为了不落窠臼

只有一切已经达到尽头
没有谁会放弃往前走

春天破冰而来
冬天也不会停止脚步
种子会破土而出
长成新生的样子
新对旧的不息战斗
才是对未来真正的拥有

1987 年 8 月 11 日晚

关于书法

我管书法叫作展开
一点或一片
抑或一个队列
会冲破
或鱼翔浅底
风吹草动
藤蔓缠绕
竹节拔高

我还管书法叫作腾达
一个或一群
抑或一种状态
会飞舞
或集体咆哮
鹰击长空
百鸟朝凤
龙腾虎跃

当我落下书这个字
就等于说到白云和秦砖汉瓦
说到王羲之力透纸背
苏东坡观摩赤壁的月亮
还有岳飞的满江红
以及庙堂的后院
张旭一声紧一声慢的小调
和墙上酒味与墨水散发的沉香

如果再配上血统这个词
又意味着
你我都是汉字的子民
一大群和一个族群
墨意浓淡总相宜的兄弟姐妹
守着一笔一画的棱角
很有型的方正
和笔墨中的根系

2021 年 6 月 10 日晚

光 阴

前天
昨天
今天
明天

小王
王哥
王叔
王爷

建设
改革
小康
现代化

蹉跎不知处
弹指一挥间
往来成古今
未来可期盼

季节把冷暖转化成色彩
年龄把理想变成岁月
生活把繁杂演绎成平静
时间把短暂归结为永恒

2021 年 7 月 22 日晚

距 离

从来没有过
彼此相对
却无言语
这只是一季度的距离
和未曾温暖的问候

从叶到花
有一段路
但只是高度不同
还有颜色和芬芳
和别处投送的眼神

从热闹到安静
有一堵墙
和一扇门
无须避开车水马龙
只是在心中修篱种菊

从来没有放弃过

深切地凝视

叶只是落在墙内

花和芬芳飘向遥远

各有彼此的归宿

有了距离

增加高度

昔日的记忆加厚了

如是昨夜的秋风

如是阔别已久的回归

2021 年 11 月 23 日晚

只爱一个

我相信　爱一个人的本质
一如一个人
只有一个生命
和一次成长的轨迹
我相信　所有的
关于爱的迁移和背叛
都是只爱一个人的
光与影的反射和投送

我相信　满树的花朵
一如一棵树
只拥有属于自己的土地
蓝天　空气　阳光和水
我相信　所有的
关于忠贞的坚守和执着
只源于春天里的一粒种子
和它破土成芽的坚韧

我相信　深爱一个人的时候
一如一个人
把自己活成自己
也让真实溶解一切
我相信　所有的
对爱欲过度的贪婪和游戏
都会因为越界和挣扎
变成苦难和失去

我相信　只爱一个人
一如一个人
只有一颗心
和一次交出的机会
我相信　所有的
关于爱的分量和维度
都会因唯一而珍贵
因唯一而坚韧和久远

2021 年 11 月 25 日晚

有一种真实

站在黄土高坡的山野
梦幻和想象
也许比现实更多一些
反正
心情总是带有那么一丝丝
干草和泥土的味道
有一种真实

一切都是奇横雄肆的大写
花木之间
也有草莽的野蛮的劲道
山风带来的
又是似水的藤蔓的缠绕
这是自然的悖论
抑或是我的作品的构思

久住山中
早已被那山那水吞噬

一个小小的墨点

抑或一句话　一段文字

只是草莽的一部分

照见本性

都是彼此的呼应

本心在路上已久

山水已入我心

不再伪装

内心的充盈丰厚

包含野性的力量

嫣然之间

有一种真实

那一颗自由不羁、有趣的灵魂

正是可爱之处

犹如天地自然

2021 年 11 月 26 日晚

泪

是一种酝酿
用微笑不够
就用沉默

是一种表达
不能大声宣布
便回应无声

是一种溢出
心中装满了
便在眼中涌动

是一种品尝
甘甜还不够
那就带一点苦咸

是一种书写
语言还不够
就再加几组音符

是一种报答

拥抱还不够

那就流出声来

2022 年 4 月 15 日晚

第七章

禅意如心

就这样开始，羞见故乡，保持距离。

　　读诗、忆苏轼，以及关于诗、文脉、书法记忆。

　　秋雨，乡愁，从沉睡中惊醒。周末心境，走在河堤，不只是第二次，一条路，边走边看，有风、有梦。路，自会沟通，不回头。

从沉睡中惊醒

闷热中
有一丝清凉
柳梢从沉睡中惊醒
舒展柔软的腰肢
拂过脊梁

听不见脚步
只看到
一片片树叶
和它们拥抱的花瓣
从身边飘过

河面微波荡漾
心中泛起涟漪
大地匍匐脚下
灵魂奋起挺立
傲然不羁

空响中
昔日的思念
和一片温馨
萦绕心中
飘洒东西南北

尘埃不见
明媚咋见
一如春雨之后
迎面入怀
突起波澜

2014 年 1 月 13 日晚

一条路

原本旷远
荒芜
甚至只有黑暗
在一个梦醒之前

踽踽而行
寂寞
甚至慌乱
在一个十字出现之前

从不眷顾
奔跑
向着自个的方向
在一段陡峭出现之前

四面八方
聚拢
似有前缘
在一座独木桥前

信步由缰

走近

又拉开了距离

在一场暴风雨前

不再奔跑

散步

或相互依偎

在一个没有出走之前

现在是笔直

安然

已是夕阳西下

在一个黑夜降临之前

无须回头

知道

不会拉下谁

在一个躯体倒下之前

左顾右盼

相聚

只需要时间

在一个聚会仪式之前

似曾相识

热爱

岁月依稀

在一个梦没有开始之前

已经懂得

都在走同一条路

归于一个方向

在每个灵魂皈依之前

2022 年 8 月 18 日午

文 脉

一个个族群踟蹰前行
一行行足迹由远及近
一绺绺遗落依稀分明
一阵阵声响传递着震撼心灵的长鸣
一声声呼吸如精灵盘古达今
一串串记忆浸润着不朽的灵魂
我们熟知来龙去脉的爱和梦

无论在什么地方
无论要干什么
无论正常或者非常
都有一种挥不去的意念
似乎一直都在塑造一种延续
一种接近自我的憧憬
一个重要但需要不断挖掘的基因

风俗承载原始秉性的固执
陶器沿口上留存杂多的图案

庙堂顶部林立雕塑的轨迹
文字演绎成为线条、色彩和故事
自由驰骋于灵感的世界
美妙的歌声传递悠扬的诗行
抒写挑战自然、自我及其彼此的能动

食、衣、住、用、行
提供了无与伦比的信息
以事实进行必不可少的分析
一切都试图建立彼此之间坚固的纽带
并以此建立更为广泛联系的历史
从出生到死亡
不过是血性的前赴后继

只要能够
我们就坚持不懈
非凡的才能
罕见的合作
自身的命运
可贵的独特性
激发着热情的关心与旺盛的同情

无论它多么微小,多么原始
或是多么巨大,多么复杂
这都是潜能巨大弧圈中的选择

超越了个体的所能所为
用一切更强大的力量精心构建的堡垒
人格的无限延展
在真理的世界里游弋

典型、神、神的祖先
男男女女的日常生活方式
往来于祖传的眉目
其内在的一致性和复杂性
反反复复地纠结缠绕
在迷茫时降临的灵犀
使未来的探索者得到满足

个体生活在她的文化中
文化依靠个体前行
这不是由一套单独条件控制的整体
包容的意趣和历史的方法并行不悖
简单地归纳只会把深邃扭曲
到处都是爱和梦的栖息地
走过时会有足迹

在不断地前行中
放宽思维的限定
敞开胸怀大胆地自由呼吸
产生一种比以前所知更有力的

把控自身未来的控制力
抓住心灵的智慧和钥匙
把心和诗铸入历史

真正认识描述生命之物
不断寻找精神的本质归宿
刻意达成精神的沟通
一种活的强烈的兴趣
以期在渺茫的未来
得到生命的全部
追随那深沉的韵律

只要是一个群族
必将成为一体
拥有自己的语言
拥有自己的信仰
拥有自己的国家
拥有自己的民族
齐声把谣曲和民歌唱诵

我们将永远这样
爷爷、儿子、孙子
祖祖辈辈按照信仰的祷词
即使在遥远的天边和未来

一切都将如此
一切犹如传世的祭司
创造后生倔强的呼吸

古老的呼吸
劳作的不息
种子的传承
富裕的滋养
生长力的涌动
强大精神的延续和力量的沉积
一群同甘共苦的真兄弟

不要瞧不起祖先古老的笨拙
不要瞧不起那缓缓流淌的血气
不要打断这断断续续、起起伏伏的传承
一切美好的呼吸
都要进入温暖的身体
须靠呼吸才得以维持体躯
同呼吸在爱与梦的容身地

大胆地把它吸入自己的躯体
让它催动我们的气息
焕发生命的活力
一道走完脚下的路

愿这气息和呼吸给生命以张力
愿我们坚持走好自己的路
生命不息奋斗不止

2015 年 10 月 20 日晚于阳坡书屋

关于诗（之一）

有一种冲动
极想呼出声来
但却欲言又止
这是诗的灵感吗

有一种迷离
出格乃至失去自我
游走于梦幻
这是诗的状态吗

更多的时候是理智
冷静得几乎能抑制呼吸
抗拒所有的诱惑
这是诗的味道吗

有时候很世俗
斤斤计较于一词一语
甚至理屈词穷
这是诗的品质吗

缺少的是浪漫
无法激活的是热情
缺少的是神秘
无法做作的是直白

缺少的是婉转
无法掩饰的是平淡
缺少的是铺排
无法伪装的是粗浅

需要的是透亮和明澈
无法做作的是晦涩
唯一需要的是诚实
无法原谅的是谎言

需要的是美好和圆满
无法接纳的是残缺和碎散
需要的是爱情和梦想
无法包容的是失落和悲怜

期冀的是快乐和自由
无法容忍落寞和荒芜
冲突的真实以及率性的灵异
只把无情和残酷交给悲剧

我需要什么

诗需要什么

生活需要什么

心灵需要什么

深刻而简洁的思想

丰富而紧张的心灵

准确而完美的文字

自由而酣畅的真趣

一直有一个期冀

每当动念便掩抑不止地心跳

心跳的时候脸就发烧

诗歌需要什么

眼睛与眼睛的交融

呼吸与呼吸的共鸣

心灵与心灵的沟通

信念与使命的升腾

2015 年 10 月 25 日晚于三缘堂

关于诗（之二）

一直有一个梦想
但却一直在犹豫、彷徨
这诗句该如何启动
那主旨该如何绽放

为了烘托一个梦幻
做多愁年岁的安慰
或者重拾旧梦的触媒
以独自寄托哀情吗

本来不该叙述的事实
而转为意境的营造
认为自己所掌握的真理
坚持片面的执着

无论是真是善是美
是婉约是雄奇是恬淡
乃至于至真至善至美
总归是为了创造一个无限

无限是什么
无限是可以言传和营造吗
融入日常的真理
探求一种形而上的根据

剪取当前有限的事相
组成一个殊异的形貌
传递那永恒的意境
这些也丝毫无法道明了

别离并不是别离
错过并不是错过
太迟也并不是太迟
悲伤也并不是真的悲伤

虽说流泪
却也无悲伤
虽然悲伤
却实无痛苦

缘并不是缘
一点茫然
铸就的是千年好梦
和一点永恒

一丝怀念

也只是些许省思

而并无追想

造就一个无我主义

偶然的重逢

是对过去朦胧经验的明白

基于见识和胸襟

唤醒满足的喜悦

无怨的青春

无瑕的美丽

没有沉重的哀情

一个人成为圣人

2015 年 10 月 25 日晚于三缘堂

周末心境

匆匆
早出门
晚来归
事未了
时还续
一周过
还来急

只是
等易久
来如梦
言未及
走似风
真亦过
怎会休

怎奈
心可静

念依旧

情愈愁

意更忧

空有多

纵无虚

2021 年 2 月 25 日晚

乡　愁

一种无怨无悔的情
从儿时一起成长
晴时满地的杏花开了
雨天一地的泥泞路
不断走出走进着
让梦想长出参天大树
把印记留在心底
把根须扎在田地

阳光席卷每个角落
微风穿越头梢耳根
入夜每个角落播放的情歌
沿途每条山路铺开的影子
全是岁月不经意写下的
一字一句地叮咛
留给我年复一年的朗读
和夜游时的呓语

我的记忆
我的岁月
全是你的皱纹
和弯腰时的抚摸
渐渐老来的我
不再远离
在心口上归来
成为你唯一的遗物

乡愁是一同苦过
也哭过的记忆
笑过的也许可以忘记
可以远离
只是泪水、跌倒必须铭记
藏在心底会更好
时间长了也就变成故事
和脚下的轨迹

回归是一种皈依
此生可以漂泊
可以孤独
但灵魂不可流落
必须有所依靠

这就是回归故土
心若没有栖息的地方
到哪里都是在流浪

2020 年 3 月 12 日晚

羞　见

走这么很长很长的路
遇到那么好多好多的人
忽然间
怎么羞见于人
远远打量一些名贵
独自潜入陋巷僻壤
遭遇未名的陌生
和兀自的追寻

那些熟悉的身影
鲜亮的面孔
以及和悦的言辞
以及曾经的交流
怎会变得如此羞涩
和难以面对
不是不能
而是无言

曾经的风流已为云烟
曾经的坎坷成为故事
还要提及
当为回忆录中的自言自语
当下的淡出已无法阻挡
从山顶顺势而下
不是不敢
而是无益

曾经的不以为然
胆大到目中无人
以至于无所不能
为了达到一种企及
如太阳冉冉升起
在洪水和飓风中矗立
忘却一切
不顾一切

当一切都涌向繁华
追逐心中的偶像
把梦想也急于变现
骨子里还是羞见
不是天生的愚蠢
而是来自天性的善良
面对真正的善良
一切伪善都难以躲藏

当一切都羞见于我
也许不是
而是目中无人
已经讲过的故事
大多数都有这样的主题
只是羞见
或是不自知
不足见而已

2021 年 4 月 14 日晚

保持距离

从月球到地球
保持了距离
所以
月光便穿越了过来
落在地球的怀抱里
成为最亲密的伴侣
不离不弃

从地面到天空
保持了距离
一种须得仰望的高度
大树依靠自己的努力
成就了
不断接近太阳的成长
挣得一片天地

从春天到冬天
保持了距离

包含着

冷暖和风雨吹打的时光

演绎不断回归的故事

已经是冬天了

春天就在梦醒之际

从他到你

保持了距离

一步之遥

需要用一生来度

你是谁

我是谁

只需走进彼此的心里

叶子与花

游子与母亲

奋斗与成功

善与恶和美与丑

诗与远方

还有梦与现实

从没有也不会远离

这一切

或是遥不可及

或是一念之距

用心度量过
才知道远近
守望着
就在方寸之内

2021 年 3 月 12 日午

忆苏轼

只要能　我就写给你
我熟知历经的爱和诗
而这诗比这更多更久
所有能够唤醒的
都值得记忆

谁忧　一切不过如此
"试问岭南应不好
却道　此心安处是吾乡"
关于心境
是不是可以这样调适

走过　谁留
"但愿人长久
千里共婵娟"
关于聚散
是不是可以从容如此

经过　谁怕
"回首向来萧瑟处
归去　也无风雨也无晴"
关于苦难
是不是可以这样认为

面对　谁悲
"会挽雕弓如满月
西北望　射天狼"
关于衰老
是不是可以这样玩味

何为　我亦是行人
"且将新火试新茶
诗酒趁年华"
关于人生
是不是可以这样面对

只要能　我就写给你
到诗词的曙光里来
不怕未读未懂
愿把心铸入每一字
献给永远的苏子

2018 年 7 月 10 日晚

读　诗

闲居只是身体
思绪从未停止脚步
茶
电脑
文字
不用纸和笔

低头看地
小草正从砖头缝中探头
地板的花色让人迷离
用手抚摸温润而清凉
一道闪亮滑落
连接了远方

极目旷野
山和照不见阳光的树林
路被遮住了
云被风卷起头发

以及起伏绵延的身躯
苍茫中唯不见人影

回过神来打开诗册
一片彩色的书签飞了出来
散落脚底
弯腰拾起
故事就在不经意之中
这样开始铺陈

"我把心铸入我的诗"
生命要表达什么
我该能为这些做点什么
没有这样一个感受
这样的慧根闪烁
我还能不能读点诗

2021 年 6 月 5 日晚

故 乡

有一片天空
遮一遮
望一望
摘一片云
淋一身露水
顶一头霜花
数几颗星星
仰望一个又一个
日月星辰
全都罩着你
连同难挨的阴晴圆缺

有一片土地
步一步
摸一摸
跺一跺脚
出一身汗
掬一捧黄土

撒一把种子
耕耘一个又一个
春夏秋冬
全都属于你
连同扬起的飞沙与尘埃

有一条小路
走一走
跳一跳
捡一块石子
蹚两脚泥水
跌几个跟头
回几次头
走过一个又一个
兄弟姐妹
全都靠着你
连同混沌的酸甜苦辣

有一片树林
抱一抱
搂一搂
浇一浇水肥
闻一闻花香
摘几片叶子
剪几条枝丫

抚摸一个又一个
花开花落
全都归于你
连同下面的草和根

有一个院落
修一修
扫一扫
挖几孔窑洞
伸一伸胳膊
吼几句小调
打几声呼噜
度过一个又一个
柴米油盐
全都养着你
连同日子的寂静与烟火

有一段历史
想一想
写一写
有几许快乐
有几许酸楚
承载了时空
跨越过世纪
见证了一个又一个

风雨雷电

全都写着你

连同秉性的稚嫩与粗俗

有一组故事

理一理

诉一诉

多少种滋味

多少回倾吐

讲述着真实

回味着精彩

演绎过一个又一个

日出日落

全都记着你

连同命运的悲欢离合

有一个梦想

忆一忆

悟一悟

藕断丝连

魂牵梦绕

过去梦的是未来

现在梦的曾经

不一样的情节

却有一样的心仪

走出去是为理想

回过头是因为血脉

有一种信仰

出于此

归于此

不忘初心

难改秉性

但还是想着回来

回来时

才感觉到有一种力量

和原来存在的意义

因为这里的一切

才真正属于自己

2021 年 6 月 8 日晚

书法记忆

给了我
年过半百岁月中
腰酸背痛的记忆
意的回归
气的平抑
和废纸成堆
秃笔成冢的充实和安静
几近无声无息
穿越现实
和纸笔对话
与水墨交流

丰富的安静
这安静有点
自以为是
甚至故作姿态
每当如此
心就空旷起来

散得很远很远

又贴得很近很近

气息似乎完全屏住

又悄然流动

高贵而傲慢

心跳的速度

也慢了下来

有一种无中生有

神也游离起来

提和按

轻和重

持和松

呈散逸之势

气满神足

追求极致

孤独而又狂放

有时候

情绪高亢起来

姿态有些粗犷

怀抱冰火又大而无当

最绝的

是醉酒的状态

"忽然绝叫三两声

满壁纵横千万字"
似真似虚
心怀旷古
畅游天地玄妄

有一种状态
就是感受
线的游离
气的流动
呼吸起来
沉着的东西
活着并空灵
最好的
是不可名状
若是如此
这些描述都可略去

2021 年 6 月 13 日晚

第二次

第一次
是一种偶然
只要能　就是一场旅行
无须刻意地编排
未曾有过的爱和梦
火车乘坐渡轮
黑夜挟裹闪电
一场前所未有的狂风
一场瓢泼入注的洪流
在一座远离大陆的孤岛
从出发到停步
不过是一眨眼的时光
向往聚结成疑虑
热爱也化作恐惧
风景不再美丽

第二次
是一种选择

只是为　如初的爱和梦
不为完全的占有
但求旧梦的复活
只为弥补第一次的模糊
飞行飘越海峡
阳光传送明媚
一片隆冬中的绿地
一个梦想中的家园
严寒化作为温暖
新鲜变成了冲动
绿色是无边的主题
惬意酝酿成为潮湿
无处不在流淌生机

第一次
是为第二次
好让梦　在如约的未来
知我心曾如何的好奇
只为一种投入
所做的准备
和新的开始
才会成为蓄谋已久
我的爱堪比深海
不为重复一种记忆
只为建立一种关切

只为欣赏一种美丽
模糊必须成为清晰
牵挂就成为真意
灵魂才有所皈依

2017 年 12 月 26 日（再赴海南岛）

不回头

不回头　是因为
回去的时候
不可能走来时的路

不回头　是因为
回头就是岸边
会停下向前的脚步

不回头　是因为
回过头去
就可能再也走不回来

不回头　是因为
那是开头
也可能是尽头

2021 年 7 月 9 日晚

路

从叶到花
从花到果
有一个过程
美丽地闪耀
如芳香飘散
看不到也无法企及

从心脏到大脑
从手到脚
有一段距离
一切梦想
应该坚持
向前走的样子

终于明白
不只是在脚下
也不是在眼前
在任意有无距离的地方

在生命发光的时候
是有一段路要走

如果没有前方
一切就毫无希望
也许不知道前方是什么
但应该坚信
它一定是坎坷多于平坦
要不人们早就走出去了

也许有些遥远
遥远的地方不只有美丽
有诗和梦想
不要让它只存于心里
需要勇敢地走去
这就会有路

理想在远方
诗是理想的种子
只要不忘记
坚持走下去
无论什么时候
努力就是路

2021 年 7 月 12 日晚

就这样开始

最浪漫的事
是你来了
我还在梦中
见你

然后
一起诉说
梦中的情境
和一路走来的见闻

你说
我原来是一枝花
五百年前
我们就是同一朵

我说
不止于此
应该是一千年的时候
还比那早些

然后

我们一起摇曳

一起芳菲

直到彼此燃烧

然后

有了额头的灼热

和杏花雨一样的

面颊的潮湿

一睁眼

你就在眼前

流着泪

闭着眼

你在我的梦里

我在你的泪眼

命运

就这样开始

2021 年 8 月 2 日晚

边走边看

与土地的亲近
还有土地上的自然风物
长时间被切断了
我边走边看
心无挂碍的欲望在潜伏
等候机会复苏
久违的需要
得到了空前的满足

脚下有什么可看的呢
生气蓬勃的山水田园
不过是一条路
偶有起伏
有时候会有石子
绊我一下
吓我一跳
我连踢它一脚都不忍

这样真好

悠然自得之中

跟自己幽默了起来

在看什么

双手插在兜里

大部分时候都仰着头

总是有什么会绊着

我不会因此而一直盯住

乌云在空中急速赶路

像是义无反顾地奔赴一场远行

我边走边看

好像从没有见过

天空这么激荡的样子

那幽远幽深的地方

也许真有天神

在演绎自己的故事

天空已经够空旷的了

一生都是那种颜色

越是在飓风刮过时

越是最深邃最饱满的样子

怎么说呢

比蓝还要蓝

让你觉得那不是天

而是通往一个崭新世界的入口

静静地看着树

所有的枝叶那么舒展流畅

向着同一个方向倒过去

再看着它们慢慢地散乱地直立起来

未及恢复原状

又倒了过去

顽皮的风

不厌其烦地玩着这个游戏

喜欢边走边看的日子

那是本性还在

做无忧无虑的梦

写自由自在的文字

那是真实的自然

用一个结论式的句式

每一个能够与自然交流的日子

都值得被深深地祝福

2021 年 11 月 30 日午

走

走近
通往你的路上
如月亮仰望太阳
比任何人更加无间
感受热烈
释放温暖

走进
贴近你的胸口
耕耘你的心田
比别人更加执着
面对曾经的荒芜
把种子留下

走深
融入你的血脉
比别人还要不辞辛苦
穿过未曾遇到的坚韧

找到失去的那一半自己
发现独特的美丽

走远
漫游着到达你的禁地
探望诗的回响
走得很久很久
那是别人没有到达过的地方
在我的心灵深处

2021 年 12 月 1 日晚

梦

一觉醒来
一切都是真实
没有在梦中

脚下的路知道
你的梦是什么
真实是什么

秋天的果实知道
你的梦在哪里
追求的是什么

把心铸入
好让梦
呈现在不远的未来

不为一次获得
不求终生占有
只为心中存留

那就不要醒来

或是铸入诗中

让这成为永恒

2021 年 12 月 4 日晚

河　堤（一）

从没有想到过
要和一本书　一个执念
在阳光最好的时刻
漫步在门前的河堤上
从很久以前的泥泞
到今天的平坦　干净

像是有约
也有一些情侣　老人
好像已经走了很久
但并没有停下来的意思
和一些倒柳枝
不断地打着招呼

芦苇是一片一片的
河水虽然小但依稀可见
还有远处的桥　路灯
雕着剪纸图案的栏杆

和鹅卵石铺就的路
以展示河堤存在的意义

有了对泛滥的规整
对拥挤和喧闹的回望　疏远
对孤独和顿悟的品咂
也有了一片绿意飘洒的世界
有了一个自由度量的天地
谁都想过想要的生活

忽然看见　无论是什么时间
有人站立着　远眺着
没有谁感到好奇　去打扰
从这一头走到那一头
不只是走过了一段时间
谱写一种美丽的心境

一直期望着
在每一个阳光美好的春日的下午
让潮湿的徐徐的河风
梳理我稀少的初白的发
面对一些没能实现的诺言
成就一首自己的诗

2021 年 12 月 6 日晚

河　堤（二）

一个春日的下午
白天的阳光留下的温煦
不免再续一种执意
念念不忘一本书中
白色的房白色的墙和瓦蓝的顶
渐显绿色的田野
和枝丫挺拔的白杨树
还是那样的温煦如初

沿着长堤漫步
凝视正前方群山的起起伏伏
感受夕照时和风的吹动
和天然奇迹般的静寂
年轻的情侣
珍惜缔结良缘的时刻
颇有气魄地义无反顾
造就自己的幸福

人们都压低嗓门

飘忽而至的仿佛只有长天

和吟唱着的词句

悠悠来自远处

在这黄昏的瞬间

某种短暂和惬意的情绪

不仅会影响到某一个人

以至于躁动一个时代的节律

站在这河堤

就好像自身拔地而起

理性的立足之地

心里明白为什么如此

在这伟岸之上

能找到信念

乐观主义和浪漫情怀

扎进永恒的坚固

在这坚韧之上

按照自己的面目缔造秩序

和内心深处的回声彼此和谐

没有喧闹中关闭的

正如每天的漫步

不能从生命中偷盗而来

而是滋生于久怀的情愫

至于和一个执念
过去渴望着热爱
正如同眼下就想流泪
意欲将流动的世界拽住
明知这是一种奢望
理应自我约束
但对于热爱
好像却不由自主

正如这河堤
百年也应牢不可破
在日夜承受冲击
奇迹以一种均衡在延续
对前路的一腔热爱
怀有静谧的激情
即使远离也会歌唱
那是岁月沉积的高度

夕阳西下的光辉
河堤兀自不语
霞光中修长的身躯
朦胧中那些热情洋溢的画图
呈现一种自然意趣
优雅产生的静谧

不需要问题没有回答
而是这些问题失去意义

时光在延续
洪流中方显冷酷的珍贵
没有生存的执念
难得对坚守的痴迷
如果能一劳永逸
又何愁难以庇护
但总有这样彻骨的时刻
让安然的渴望得以萌复

2021 年 12 月 6 日晨

风

总是大胆地走来或走过
无法挽留
却有辙迹
拥抱所爱所恨的
从不顾忌

河边的芦苇
微微地点头
或互相拥抱
并不喧闹
只是问候

额头的刘海
从眉梢前轻轻撩起
一飘一飘地温存
是不是这样拥抱过
就算是在一起

趁着这个时候
才能看清楚
原本忽略的存在
都是在为一个信念
默默地坚守

趁着这一股劲
不应该再图安静
或等待
正好扬帆
走从没有走过的路

漫过春夏秋冬
翻越山川河湖
不为肆虐
不为潇洒
只为前行

会有凛冽的那种
只让把大衣裹紧
也会有温暖的春意
呼唤敞开胸襟
迎接盛开的花朵

也许会速朽和易碎
即使日复一日地吹拂
也不能熄灭
只为唤醒
还有重生

2021 年 12 月 8 日晚

秋　雨

一阵凉意
浸润面颊
几滴冷清
扰乱行迹
抖动心扉

一丝惆怅
穿越周身
可断未斩
欲理还乱
涟漪飘散

一点清醒
欲掩羞怯
几许挥洒
冷媚深陷
点缀澄怀

一生四季

才过浪漫

穿越躁动

走向成熟

复归静安

2015 年 10 月 20 日午

第八章

归往如一

心中的莲，有真、美，就不怕空、葬，和等的寂寞。无宿命，谎言只是不和无。

总是选择品位、意境，安静、超脱。

关于一，我愿再看到第一次。心中有诗，归往如一。

关于一

第一
是开始
也是结束

专一
是执着
也是博取

万一
是独自
也是众生

同一
是求同
也是存异

一一
是唯一
也是全部

归一

是过程

也是归宿

2022 年 3 月 23 日晚

等

有一种翘首
是让现在变成过去飞走
慢变成快穿过
爱意变成怨恨铭记
美好被错失
成为追忆

有一种期冀
让真实中夹杂空虚
无谓变成牵挂
新变成旧
完好变成缺憾
一切延伸为虚拟

在等什么
等一个一见钟情的缘分
黑发变成白发再变成黑发
意气风发变成无所事事的倦怠

时光眷恋岁月
一切从头开始

又在等什么
等一个万事俱备的东风
让冰冷的寒冬变得温暖如春
太阳月亮和星星围着打坐
石头自己变成化石
让自己成为奇迹

还在等什么
让暴风雨过去
财富各取所需
公平自在人间
爱恨穷困不复存在
让一切不请自来吗

有一种付出
就是在暴风雨中跳舞
让希望变成现实落地
把时间变成结果成熟
让恨变成爱
把空变成真

有一种幸福

在美满中追逐

让牵挂变成拥抱

让眼泪变成笑脸

让远变成近

让历史记住

只要是人生

都需要沉淀

让真实走得更近些

才能看得更清

是要等

但也不能太久

2017 年 12 月 26 日晚

总是选择

总是选择荒漠
冲着坚强
也眷恋耕耘

总是选择天空
冲着俯视
也向往飞翔

总是选择爱情
冲着浪漫
也追求忠贞

总是选择孤独
冲着安静
也走向深刻

总是选择相信
冲着理解
也为了同行

总是选择未来
冲着成功
也努力奋争

总是选择美好
冲着幸福
也不忘初心

2021 年 7 月 1 日晚

我愿再看到

从你快乐的旋律中
飘出串串音符
呵 眼花缭乱的世界
真是丰富
丰富而令人躁动
让人忘乎所以
现时的倾心曼妙
不久将通通消散
歌声即将温润地
飘过我灰褐的脊背
你转眸一瞬
留下透明
我被镇住

我愿再看到
曾经的深情
呵 就是有些幽怨的目光
那也是我的星星

别的一切任其过往
花开花落
流水无形
唯有注入心田的种子
即使在冰雪里
任变幻不停的温度冷却
但难改的还是姓名
永恒如初
与天地共存

2022 年 2 月 12 日晚

宿 命

有一种命运
像风筝
被一根线
牵在别人手中
是一阵风
像尘土任尔东西
抑或尘埃落定

有一种命运
是牵着风筝的手
吹动尘埃的风
光影下晃动的小草
游走风雨之中的雷电
是阳光照耀下的彩虹
把光鲜展现一瞬

有一种命运
把未来当梦

把人生当梦
把精彩当梦
把梦当真
让自己置身云雾
专做梦中人

宿命是命
你不喜欢什么
什么就不喜欢你
只有在你美丽的时候
世界才是美丽的
每个人都有自己
微小但坚强的命

宿命
不是命
是大地
背负万物
抚育生灵
涵养满目疮痍
走到哪里都在命中

努力的意义
是不断催醒内心的火种
让激越的泪雨洗礼吧

抗争弯道歧路

走过逆流险滩

万流入江河

河湖归海中

2021 年 3 月 15 日晚

寂 寞

一度
总是怕空
要抓住现在
热热闹闹的
怕突然悄悄离开
把有限的欲望
归入无的寂寞
总归要有所选择

老人独在土窑洞
守候一个遥远的梦
凝望来来往往的影
曾经劳作的果实
渐露新的嫩芽
一个个普通的日子
有守候
但从不寂寞

艺术家独在小木屋

无端端地沉默

抑或是癫狂

不需要那么多的道理

周围的风景

已经包含了一切

有冷清

但还有深刻

可以选择生前热闹

身后寂寞

可以生前寂寞

身后热闹

可以选择生前寂寞

身后也寂寞

直到有一天

突然复活

高贵不会推辞

创造也有需要

由存在显示

又显示为存在的时候

是一种严厉

肤浅的谈笑和迎合的拥抱

应该是一种浪漫
精神仍然需要寂寞

仅仅为被写成文字
那是可怜的
空虚的壳
情愿在寂寞里活着
不情愿去殿堂里煎熬
最深沉的总是无声
最长久的总是平淡
最美丽的都在心里

有一种空
不再是寂寞
在最安静的地方
谁也不能损坏无
时间也不能
所谓的寂寞
也就成就了永恒
和一个完整的我

2021 年 4 月 15 日晚

安 静

在喧嚣和唏嘘中
我选择安静
一直以为自己是安静的
或者有追求和享用的冲动
其实还远远达不到
片刻的平息
只是偶尔有过热闹之后
其实还不够
只是调适了一下意态
热闹和荣耀之后
惬意和顺心

在遭受极端喧嚣和围堵之后
不得不选择安静
意欲营造一种孤独
或者逃避疯狂的追逐
其实还是达不到
这只是对纷扰的逃避

其实还不是
只是不想面对活生生地损磨
放不下温热的梦
或者纠结徘徊于
有或者无

在遭受冲撞和打击之后
有的坚硬
让我还保留着积极
无的空灵
让我归于安静
我不再是我
连走肉都不是
更无须索取和馈赠
只因一种祈求
我没有放弃有
但选择了无

真的无
无欲无求无我
便无围堵、攻击和伤害
也要有
有心境心静心净
和自由无害的真
但愿日子清净

思想干净

满心欢喜

灵魂归来

抬眼皆是温柔

2021 年 5 月 7 日晚

无

无物
无得失
无损益
无贫富
无有
无留
无量
无余

无欲
无贪欲
无私心
无争念
无执
无争
无求
无羡

无心
无挂碍
无痛苦
无意识
无忧
无悲
无喜
无害

无为
无不为
无有为
无能为
无意
无由
无愧
无不

无形
无边界
无羁绊
无藩篱
无状
无上
无穷
无无

无常

无常势

无定形

无穷尽

无限

无恒

无垠

无极

无我

无情仇

无爱恨

无生死

无缘

无华

无尚

无敌

无一

无一得

无一失

无一过

一无

空无

永无

归无

2021 年 5 月 7 日晚

葬

一方土
一块地
一个家
一座冢
一抔土
一面碑
一行字
一口气
一纸名
一念成

一身愿
一世苦
一时乐
一点傻
一寸心
一度缘

一诺情

一线命

一丝魂

一阵风

2021 年 5 月 17 日午

真

除却化妆
逃离舞台
卸下面具
和所有光环的笼罩

逃离
刺痛
受伤
真实的感觉

寂寞
孤独
完整
真实地活着

自然
安静
凝思
真实的自己

向日葵一心一意

真实的模样

它的心中

只有一个太阳

大地无垠

万物有命有情

地球也活出了自己

不缀四季

走向天际线

回望出发点

一步一步地

真实的印记

2021 年 5 月 25 日晚

空

一场梦
朝阳升起
雨露升腾
回归本性

一阵风
花瓣飘落
芬芳流过
下自成蹊

一杯酒
味正浓
却无声
心有余欢

一进退
升有阶
退无门
遁世消隐

一自在
空即是色
色即是空
自然有我

一真人
空中有真
真中有空
回归有灵

2021 年 6 月 16 日

超　脱

比大海
有过之而无不及
宽广寂静
可以不朽

如果世间
无神度你
那就双手合十
做自己的神

身处泥泞
仍能看满山红花
在风雨飘摇中
活成自己的样子

2021 年 7 月 9 日

莲

一茎
凝露的叶
一顶
晕水的苞
羽化痴迷蔓草中的窒息
不蔓不枝
亭亭而立
拂去飘摇不定的尘埃

净白
灵魂的栖息地
淡定
引渡一缕香魂
承接着自身的风雨
独自探寻
星夜的天空
和归途的情人

风雨中的回转

骨子里的执着

撑开碧玉的伞

遮挡尘世

骐骥来生

灵魂纷扰悲苦和尘埃

滚动晶亮的水珠

温润枯裂的心怀

秋夜的清凉

玉液的澄澈

净空纷扰的思绪和孤独

不喜不悲

羽化烦躁

不忘执念

随缘泛起

圣洁的爱意

2021 年 7 月 10 日

心 中（之一）

红尘
净土
一念起
沧海桑田
一念无
花开花落

孤绝
羁旅
有山水
沉默于岿然
有阳光
专注于远方

知足
丰盈
去拥有
生生希望

去离开
戚戚阴霾

秉持
坚守
尘归尘
行于生死
土归土
复于自然

如水
如莲
清清见底
不拒杂物
皎皎如月
不染纤尘

依旧
匆匆岁月
不忘
为一场无悔
悠悠流年
画一个完满

纵然韶华已逝
衣带渐宽

用岁月温良的炉火
勾勒无二的丹青
描摹不灭的梦想
执念如斯

煮一壶淡定
温一盏静好
留一腔空灵
不动不骄
未负而已
只因有光

2021 年 7 月 18 日晚

心 中（之二）

有时候高悬
样子很慌
有时候落地
踏实
却无激情
无澎湃

有时候空寂
像被抽走了鲜红
没有禅意
也不安静
只是毫无着落
无状态

有时候会受伤
会刺痛
会流血
可能也会有绝望

那只是表面
很少为自己

只有一颗
交给别人
不能苟且
留给自己的
无法选择
只有不息地跳动

想有两颗的时候
就不再是
如初的鲜亮
和忠贞
伤口难以愈合
只留下永远的印记

2021 年 7 月 17 日晚

第一次

每个人到来的时候
好像是第一次
生命是花
结出血肉的果实
成就了年龄
也就是时间
这时思想是叶子
灵魂成为存在的哲学

每个人离开的时候
也好像是第一次
生命成为叶子
飘成神的果实
成就了大地
也就是根
这时精神是花
名字成为存在的印记

每个人所有的践诺
好像是第一次
成功还是失败
来到还是离开
独自的都只有一次
过程是唯一的真实
也是最后一次
与第一次的交接

2021 年 7 月 19 日

美

看不见
是因为心的波动
其实就在眼前
只有静下来　那时候
就映出了一切

不要采摘
要不就枯萎了
即使你自己能变成一朵
更耀眼的　要知道
秋天也要到来

诗中会有
从心里长出来
闪烁着光
有一道电流　闪耀过
它才是自己的

遥远的地方也有
到处看着
眼睛有神
芳香飞过来了　未有风
只存在于心动

总是有那么一瞬
虽然短暂
但也永恒
如果没有这个　生命中
那我就毫无信仰

也许不能知道
为什么热爱
但却可以明白
一切都归于简单　这时候
总要留下来活下去

2021 年 7 月 19 日

就不怕

怕苦
总是怕
一直苦　所以
宁愿先苦后甜
就不怕

怕伤
只是怕
伤到别人　所以
宁愿自己跌倒
就不怕

怕恨
总是怕
为什么要恨呢　所以
宁愿选择去爱
就不怕

怕无

却是怕

贪得无厌　所以

宁愿选择可有可无

就不怕

怕活

好多年前就知道

死是属于以后的事　所以

活在当下

就不怕

怕死

但更怕

平庸地活着　所以

为精彩而死

就不怕

怕绝

就是怕

决绝以致绝望　所以

只要选择希望

就不怕

别怕

不用怕

选择了精彩和希望　如若

信仰如磐

就不怕

2021 年 7 月 19 日

意　境

烘托一个梦
以供寄情吗
幻影的性格
多愁年岁的安慰
重寻旧梦的触媒
无当于初衷
未必符合意境

原来梦想
不是事实的叙述
而是意境的营造
无论是真是善是美
是婉约是雄奇是恬淡
总归是一个无限

无限是不可言传的
只好剪取有限的事项
予以重组

成为殊异的形貌
以暗示
一个一个的永恒

领略了
会心了
目击而道存了
知则知之
而口不能道
岂唯不能道
只因不是道

所谓青春所谓爱
不可以当真
表白只是表白
别离不是别离
错过不是错过
太迟不是太迟
悲伤也并不是悲伤

虽说流泪
却无悲伤
虽然悲伤
实无苦痛
借形象上一点茫然

铸成千年好梦
对此一点永恒
亦只是怀念

所谓怀念
而并无追想
也只是省思
重逢便真实出现了
对过去朦胧的省思
有一种惊喜
完全握在自己手中

如子饮水
冷暖自知
不可与外人道
即使有一种真实而纯美
除却梦幻之哀情
任感觉之自然
成见预存胸中

2021 年 11 月 30 日晚

禅

1

有一种遭遇
只在偶然发生
也许是一种蒙昧
其实在一回眸中
就已经决定
或是已经惊醒
不免仍要用一生的疑惑
来厘清偶然的形象
以及永恒的岁月和情怀
可以秉无悔的贞信
贞定这
所有的无凭
可以终结到
不可说的禅

不得不努力追求
一种答案是只堪自证

而无法言传
目标就俱在心里
只看你
是否相信它的承载
若不能
一切将迷失在
光影杂沓之中
如若能
在光影寂灭处
仍有满山的月色
如酒的激情
将永恒留存

2

在追索中
自以为是的假象和陷阱
随时都在
稀有的爱之纯质
旷罕的为之冲动
随时可能被淹没
来提出警告和污蔑
被掩埋的激情
因此沉郁
竟使人无法辨认

心之违隔

与爱之侮慢

只有在残缺中

尚未灰冷的追寻

尚有意的营构

如春的阳刚

总算还保持着一点希望

在陷落的惊悸中

须得去破解

这亘古的谜题

虽则被破解时

岁月已逝

也莫恨太迟

但憬悟了错失

也便排解了挚爱之所以迷弊

乃在自造的障中

如所谓诗意和远方

或者那些制造紧张

扼杀本心的严厉

和诸多的戒律

可以借着对往事的重省

而收获一本

虽薄却饶有意境的

禅意的诗集

在回首的刹那

蓦然发现每一个绳结中

都有一个秘密的记号

本来朦胧的往事

历历在目

永恒在此呈现了

一帧充满着

体尝到真理的自信与愉悦

原来一切变幻的事相流逝了

只留一个不磨的印记

如河流梦中永恒的涟漪

一切都溜走了分开了

在虚与实的写意中

有限与无限巧妙地交错

圆融成浑然的整体

挚爱是永远的

从来不会淡去

3

不必舍弃一些境遇

即使反复多变

也能在心底

印证出一朵洁白的莲

或永不凋谢的荷
凭持着对真理的贞信
更可以反过来贞定
繁复的事相
也不必畏惧
一切的繁复多变
只管反反复复地说吧
无怨的岁月
无悔的美好
无欲的觉醒
无我的奋争
最终都会明白
一个孕育在宁静上的律动

可以暂借一段时日
凭着如此认真地省思与憬悟
重证前缘
厘析所有的悲欢
在迷茫之时来临
那当初虽朦胧而错过的
如今事如此明白而又依然
不断地涌动
乃至流逝到一起
真的什么时候在心中
放下一滴泪

抑或一首诗
那便是昨日所有的沉淀
如同昨日所有的错失
原都是不可缺少的安排
一出悲喜交加的戏剧
一种哀乐相生的情怀

4

唯其有喜乐
形式上是永恒的
唯其有悲哀
省思是内生的
一切是存在的真实
这即寂即惑的存在
真实又虚灵
如棋局或舞台
那禅意
早已铺陈好了
理当不说
奥秘不可言说的存在流行吗
在此
热爱重新隐在平凡之中
又有种种不被料到的安排
与琐碎的错误
那便是不可说的禅

那禅意

早已是脉络中的一环了

有难以同行的艰危

亦不免重新有急切和惆怅

有后悔和哀伤

而结局

还只是几首佚名的诗

与一抹淡淡的斜阳

永恒的热爱

不再在这里出现

其实已经遍在

你若觉

是如不铺陈之真实存在

若悠然不觉

浑然无迹

只对这果然之缘

自始至终深信不疑

2021 年 12 月 2 日晚

归往如一

有一种流浪
相聚别离
莫不随心
冥想不及体悟
踌躇不及亲历
畏惧不及闯荡

分别与重逢
情爱与财富
日常而又非日常
种种际遇
从艰难的境地中
不断抽身

我会思索
我会等待
我会践行
在踽踽独行的路上

扬扬自得
踌躇满志

由心发出的
在参悟和感知之后
有良久的回响
所有的不惑
都指向了
一条平坦的大道

花团锦簇
驰骋自由
所有的不羁都隐喻着
两难境地
和一段令人自咎的
归往迷途

自纠自查
撕扯往复
所有的欲望都归入
一湍逐波激流
那里归元合一
众念无求

皮囊不过是皮囊
贪欲终究是贪欲

一路求索的漫漫征程
都只是在宽慰
一些执拗
和诸愿所归的祈求

跟周遭的一切
熟知抑或陌生的世界
那些自身的过分苛责
抑或贪求外物的执着
和谐相处
有所警醒

能够安身立命的
不只是靡靡感喟
恋恋是非
在返程的路上
记得来时的方向
以及起点处的微微光亮

2022 年 3 月 25 日晚